Friedrich Kaiser

Friedrich Beckmann

Heiteres - Ernstes - Trauriges aus seinem Leben

Friedrich Kaiser

Friedrich Beckmann
Heiteres - Ernstes - Trauriges aus seinem Leben

ISBN/EAN: 9783743458093

Hergestellt in Europa, USA, Kanada, Australien, Japan

Cover: Foto ©Raphael Reischuk / pixelio.de

Manufactured and distributed by brebook publishing software (www.brebook.com)

Friedrich Kaiser

Friedrich Beckmann

Friedrich Beckmann.

Heiteres — Ernstes — Trauriges

aus seinem Leben.

Erinnerungen

von

Friedrich Kaiser.

Wien, 1866.
Verlag der Wallishausser'schen Buchhandlung
(Josef Klemm).

An die Leser!

Da ein Werkchen, wie vorliegendes, unmöglich vollständig original sein kann, so hoffe ich meiner Aufgabe wenigstens dadurch entsprochen zu haben, indem ich das Selbsterlebte wahrheitsgetreu erzählte, im Uebrigen aber nur die verläßlichsten Quellen benützte. In Bezug auf letztere bin ich namentlich dem Herrn Regierungsrathe Dr. Constant von Wurzbach, welcher mir den reichen Schatz des in seinem Besitze befindlichen Materiales freundschaftlichst zur Benützung überließ, zu aufrichtigem Danke verpflichtet.

Der Verfasser.

> „Und der Mensch im Leichentuch
> Ist ein zugeklapptes Buch."
>
> Ferdinand Sauter.

Hätte der Dichter diese Verse, statt für seine eigene Grabschrift, für die Beckmann's bestimmt, so würde er sie vielleicht wie folgt geändert haben:

> »Und der Mensch im Leichentuch
> Ist ein zugeklapptes — Anecdotenbuch!«

Denn nachdem der Verfasser des vorliegenden Büchleins sich die Aufgabe gestellt hatte, Beckmann's Leben zu beschreiben, und zu diesem Zwecke nicht nur die vielen Stunden, welche er selbst theils im künstlerischen Geschäftsverkehre, theils in heiteren Gesellschaften und Vereinen mit dem allbeliebten Komiker durchlebte, recapitulirt, sondern sich auch alle andern Quellen, aus welchen er Nachrichten über dessen Vergangenheit und anderseitiges Wirken schöpfen konnte, zugeleitet hatte, fand er, daß die dreiundsechzig Jahre, welche der Verewigte während seiner Erdenwanderung zurückgelegt, einer Perlenreihe, bestehend aus theils von diesem selbst erlebten, theils erfundenen oder wenigstens gut angewandten Anecdoten, eigenen und nachgesprochenen Witzen und launigen Einfällen gleichen, und daß, wie Titus jeden Tag, an welchem er keine Wohlthat geübt, so Beckmann jeden Tag, an welchem er nicht wenigstens Einen Witz zur Welt gebracht, für einen verlorenen gehalten haben würde. Beckmann fand seine eigene Unterhaltung auf der Bühne und im Leben nur darin, daß er Andere unterhielt, und so gewann nach und nach der Fonds der Scherze, Witze, Bonmots und Calembourgs einen solchen Umfang, daß man, wenn man sie alle zu Papier bringen wollte, leicht ein paar dicke Bände füllen könnte, während die Aufzählung aller Momente seines Lebens, welche durch ihre Eigenthümlichkeit oder Wichtigkeit ein besonderes und höheres Interesse zu erwecken geeignet wären, fast nur den Raum eines gewöhnlichen Feuilletons in Anspruch nehmen würde.

Sollte ich nun, nachdem die eigentliche Biographie sich so kurz zusammendrängen ließe, nichts weiter als eine Sammlung von noch dazu größtentheils schon bekannten Anecdoten redigiren? So kurzweilig diese an sich, und einzeln erzählt, auch sein mögen, so würde ihr Aneinanderreihen nicht nur mich selbst während der Arbeit — denn nur eine »Arbeit« wäre dieß zu nennen — sondern, wie ich wohl nicht ohne Grund befürchte, auch den Leser ermüden und langweilen. Ich hoffe aber nicht nur diese Eintönigkeit zu vermeiden, sondern auch dem geringen Stoffe, welchen das Leben Beckmann's dem Beschreiber bietet, dadurch nachzuhelfen, daß ich mich nicht damit begnüge, sein Bild als das einer alleinstehenden Figur zu zeichnen, sondern auch alle jene Persönlichkeiten, welche entscheidenden Einfluß auf die Entwicklung seines Talentes oder auf seine Lebensstellung übten, mehr als in bloßen Contouren anzudeuten, und somit eine Reihe von Gruppen darzustellen, in welchen zwar Beckmann selbst in erstem Lichte stehen, aber auch seine jeweilige Umgebung, nach ihrer relativen Bedeutsamkeit mehr oder weniger aus dem Chiar-oscuro heraustreten soll. Hiebei wird sich Gelegenheit genug bieten, nicht nur die durch seine mitunter muthwillige — nie bösartige Laune veranlaßten komischen Scenen episodisch einzuflechten, und eine reiche Zahl seiner Witze und Späße gleichsam als Arabesken zur Ausschmückung des Bildes zu verwenden.

Nach dieser kurzen Einleitung, welche ich, um sie vom Ueberschlagenwerden zu retten, nicht als solche bezeichnete, wollen wir uns der Sache selbst zuwenden, und beginnen mit

Beckmann's Jugend.

Friedrich (Fritz) Beckmann wurde im Jahre 1803 zu Breslau geboren. Sein Vater war nicht, wie die meisten hiesigen Journale irrig angaben, Töpfermeister, sondern Altgeselle in einer Töpferwerkstätte; — sein geringer Erwerb reichte kaum hin, um ihn selbst und die Seinen kümmerlich zu ernähren, dennoch sandte er seinen Sohn in die Bürgerschule, in welcher der kleine Fritz bald durch seine Strebsamkeit die Aufmerksamkeit der Lehrer auf sich zog. Da derselbe auch eine hübsche Stimme besaß, wurde er gleichzeitig in der Kirche als Chorknabe verwendet.

Mochte sein Vater auch sonst Ursache haben, sich über das Verhalten seines Sohnes und dessen rasche geistige Ent= wickelung zu freuen, so empfand er doch oft bitteren Verdruß über die nicht zu unterdrückende Vorliebe, welche jener für die Bühne und Alles, was mit derselben in Verbindung steht, hegte. — Der alte Handwerksmann war ein entschiedener Feind aller »Theaterleute«, besuchte nie eine Vorstellung und entgegnete, als Fritz ihm zum ersten Male seinen Wunsch, sich dem Schauspielerstande zu widmen, mittheilte, in höchster Entrüstung, daß er die Schande nicht überleben würde, wenn sein ehrlicher Name jemals auf einem Theaterzettel gedruckt erschiene! — Aber alle Ermahnungen, Drohungen, ja selbst Züchtigungen vermochten den inneren Drang des Knaben nicht zu ersticken, welcher, so oft er nur der Aufsicht der Eltern entwischen konnte, sich Vormittags während der Proben und Abends während der Vorstellungen in die Räume des Theaters schlich, und, um dort geduldet zu werden, jede Gelegenheit, irgend einem Mitgliede desselben einen Dienst zu leisten, freudig ergriff. Manchmal wurde er dafür mit einer Freikarte auf die oberste Gallerie belohnt, und befand sich, wenn er so einer ganzen Vorstellung beigewohnt hatte, in einer solch' nervösen Aufregung, daß während der ganzen darauffolgenden Nacht kein Schlaf seine Augen schloß, und er sich wach den lieblichsten Träumen von dem Glücke hingab, welches ihm erblühen müßte, wenn es ihm gestattet wäre, seiner Lieblingsneigung zu folgen. Fast noch mehr Freude machte es ihm aber, wenn der ihm wohlwollende Regisseur ihm erlaubte, in Stücken, welche eine große Comparserie erforderten, auf der Bühne unter dem »stummen Volk« mitzuscheinen zu dürfen. Hiedurch lernte er es, das Lampenfieber zu überwinden, und sich nach und nach auf der Bühne ganz ungezwungen zu bewegen.

Aber auch seine Begierde, sich ganz seinem inneren Berufe hingeben zu können, wuchs derart, daß er endlich selbst gegen den Willen seines Vaters sich förmlich der Bühne einverleiben ließ.

Letzterer war über diesen Schritt seines Sohnes außer

sich und würdigte diesen durch längere Zeit keines Blickes, keines Wortes, obwohl er ihn noch in seinem Hause duldete, und an seinem frugalen Male theilnehmen ließ. Zu etwas milderer Stimmung brachte ihn erst nach einem halben Jahr die Nachricht, daß seinem Fritz als Belohnung für seine Verwendbarkeit eine monatliche Gage von vier Thalern bewilligt worden sei!

Man sieht, daß wie so oft, auch hier der materielle Vortheil das geeignetste Mittel war, um gewisse Vorurtheile zu besiegen, und Beckmann's Vater ertrug später die „Schande", welche nicht überleben zu können er früher erklärt hatte, daß nämlich sein ehrlicher Name auf einem Theaterzettel gedruckt erschien, mit ziemlicher Ruhe. Dieß war am 30. August 1820 der Fall, an welchem Tage zum ersten Male der Name Beckmann (aber wir wissen nicht durch wessen Schuld unrichtig als: „Bäckmann") auf den Affichen des Breslauer Theaters den Darsteller der stummen Rolle des Harald, der Dänenkönig in dem Kotzebue'schen Schauspiele: „Der Schutzgeist" bezeichnete.

Beckmann schilderte uns oft in komischer Weise den Stolz, den er als damals erst siebzehnjähriger Junge bei diesem Anlasse fühlte, wie es ihm nicht genügt habe, seinen zum ersten Male gedruckten Namen nur auf einem Theaterzettel zu lesen, und er deshalb an jeder Ecke, wo wieder ein solcher angeklebt war, neuerdings stehen geblieben sei, um nur nochmals das „Herr Bäckmann", welches seiner jugendlichen Eitelkeit so wohlthat, zu lesen!

Heinrich Anschütz, welcher sich später einen so ruhmreichen Namen erwarb, gehörte damals schon zu den ersten

Mitgliedern des Breslauer Theaters; er war es auch, dem der höchstens in »Ansage=Rollen« beschäftigte Anfänger Beckmann in einer ähnlichen Rolle in »Wallensteins Tod« zuerst als guter Sprecher auffiel, der sich seiner annahm, und, um ihn vor Declamationsfehlern zu bewahren, in den von diesem zu spielenden kleinen Rollen die zu betonenden Worte besonders unterstrich.

Beckmann selbst gedachte dieser freundlichen Leitung des Meisters noch dankbar nach siebenunddreißig Jahren, als Anschütz hier sein fünfzigjähriges Künstlerjubiläum beging. In einem humoristischen Vortrage während eines aus diesem Anlasse von den Collegen des Jubilars veranstalteten Festmales gab er einige komische Erlebnisse aus seiner Anmeldezeit zum Besten, und gestand, daß »des Burschen selt'ner Ruhm,« nicht gleich andern Darstellern, von derlei Knappenrollen regelmäßig ausgelacht zu werden, nur den Anleitungen Anschütz's »entsproß«!

Daß Beckmann aber vorzüglich zum Komiker berufen sei, erkannte Anschütz erst bei Gelegenheit des ersten Probestückchens, welches jener im Extemporiren ablegte.

In einer Vorstellung des »Macbeth« war nach der Scene am Hexenkessel bei der Verwandlung in einen Saal durch ein Versehen des Theatermeisters eine große Schlange auf der Bühne liegen geblieben. Dadurch gerieth Alles in Verlegenheit; sollte Lady Macduff ihre große Scene, unbekümmert um das Ungethüm, spielen, als ob sie an solche Zimmergenossen gewohnt wäre? — Da faßte Beckmann, der als Knappe in der Coulisse stand, sich ein Herz, sprang auf die Bühne hinaus, zog sein Schwert, begann einen von seiner

Seite sehr hitzig geführten Kampf mit der Schlange, stieß ihr endlich die Klinge tief in den Rachen und schleppte das erlegte Ungeheuer mit sich fort. Im Anfange war das Publicum durch diese unerwartete pantomimische Scene überrascht, bald aber bemächtigte sich Aller eine ungeheure Heiterkeit, und unter stürmischem Applause und schallendem Gelächter wurde der kühne Schlangentödter gerufen. Beckmann erschien mit seinem Opfer, verbeugte sich tief gerührt, und drückte dabei die Schlange, als ob sie nun, da sie die Ursache solcher ihm gezollter Auszeichnung gewesen, sein Liebling geworden wäre, zärtlich an's Herz! —Neues Gelächter, neuer Applaus folgte; als Beckmann aber nun wieder hinter die Coulissen trat, begrüßten ihn die lauten Vorwürfe des erzürnten Regisseurs und der übrigen »tragischen« Mimen, nur Anschütz vertheidigte ihn lachend und erklärte, dieser Coup verrathe den gebornen Komiker!

Sich als solchen zu zeigen, wurde aber dem Günstlinge Anschütz's erst nach Jahren Gelegenheit geboten. Der Spruch: »Nemo propheta in patria« bewährte sich auch bei ihm, denn seine Vaterstadt Breslau war nicht die Wiege seines Ruhmes, sondern nur jene Wiege, in welcher man sein Talent — schlummern ließ! Vielleicht war daran gerade der, für welchen Beckmann nächst Anschütz am meisten schwärmte, dem er jeden Dienst zu leisten bemüht war, nämlich der gleichzeitig in Breslau engagirte Komiker Schmelka, am meisten Schuld, indem er, in dem jungen Anfänger den künftigen Nebenbuhler ahnend, ihn nicht so recht aufkommen lassen wollte!

Schmelka hatte lange Jahre unter Liebich's Direction

in Prag, dann bei der ambulanten Truppe des Baron Zinnek bald in Preßburg, bald in Baden bei Wien gespielt, bis er endlich in Breslau ein dauerndes Engagement gefunden hatte. Seine Zeitgenossen schildern ihn als einen Darsteller voll Natur und Wahrheit, welcher zugleich lebendig, voll übermüthigen Humors und unendlich ergötzlich war. Freilich bezeichnen ihn wieder Andere als einen »Farceur«, als »Hanswurst«, aber Alle sind darüber einig, daß die siegreiche frische Kraft seiner angebornen Komik sich überall Bahn brach, und zu unaufhaltsamem Gelächter hinriß. Dabei war er aber nicht frei von jenem Künstlerneide, welcher den mit ihm Behafteten nicht gestattet, einen Andern neben sich zu dulden, und sie selbst so weit bringt, ihren Verdruß über die günstigen Erfolge ihrer Collegen in kleinlichster Weise kundzugeben.

Es ist daher begreiflich, daß Beckmann, trotz aller Bereitwilligkeit, diesem von ihm so hoch geschätzten und zum Vorbilde gewählten Komiker auf jede Weise gefällig zu sein, weiter nichts erreichte, als daß ihn dieser, als er im Jahre 1824 von Breslau nach Berlin in sein neues Engagement an dem Königstädt'schen Theater übersiedelte, so gleichsam nur als seinen dienstbaren Geist mitnahm, und ihm nur eine Anstellung als Garderobeinspector, mit welcher auch die Verpflichtung verbunden war, »nöthigen Falls« in kleinen Rollen aufzutreten, erwirkte. Trotz dieser zum Theile unwürdigen Beschäftigung erkannten aber aufmerksame Beobachter schon damals das eminente Talent Beckmann's für komische Rollen; so wenigstens erzählt uns Holtei und Frau Sontag, die Mutter der berühmten Sängerin Henriette Sontag, welche letztere damals in Berlin gastirte, und den jungen

Garderobeinspector, welcher auch ihre Costume besorgen mußte, bald so lieb gewann, daß sie ihn für ihre kleineren Reisen zu ihrem Begleiter wählte.

Bei der bekannten Ambition und dem redlichen Streben, welches Beckmann vom Beginne seiner theatralischen Laufbahn bis zu deren Endziel beseelte, mußte es für ihn wohl kränkend sein, so lange keine Gelegenheit zu finden, sich hervorzuthun; dennoch ließ er seinen Unmuth nie laut werden, er begnügte sich, seine Muße zum fleißigen Studium seiner Vorbilder, zu welchen sich in Berlin noch der Komiker Spitzeder gesellte, zu verwenden, und gewann sich durch seine unverwüstliche Laune sowohl, als auch durch sein liebenswürdiges, immer zur Leistung von Gefälligkeiten bereites Benehmen die Geneigtheit des ganzen Theaterpersonales. Es ist hier am Orte, die Angabe einiger andern Biographen Beckmann's, welche unter seinen Vorbildern auch Angeli nennen, zu berichtigen. Der Letztgenannte war wohl für das Königstädter-Theater in so ferne eine nicht genug zu würdigende Acquisition, als es derselbe meisterlich verstand, die französischen Vaudevilles für die deutsche Bühne zu bearbeiten, aber darin sind alle seine damaligen Collegen einig, daß er das, was er als Dichter gut machte, durch seine geradezu aufdringliche, durchaus komisch sein sollende Darstellungsweise wieder verdarb. Was hätte also unser Beckmann, dessen Hauptvorzug darin bestand, daß er komisch wirkte, ohne merken zu lassen, daß er es eigens darauf anlege, diese Wirkung zu erzielen, von Angeli lernen sollen? Höchstens das Eine! wie er es eben nicht machen dürfe!

Beckmann als Berliner Komiker.

Das Königstädter-Theater war das Eigenthum einer Gesellschaft von Actionären, welche aus ihrer Mitte nicht weniger als sieben Directoren gewählt hatten; diese waren die Banquiers: Beneke von Gröditzberg, Herz Beer, Josef Mendelssohn, Fränkel, Martin Ebers und J. D. Müller. Der siebente, zugleich Syndicus und Geschäftsführer des Kunstinstitutes, war der Justizrath Kunowsky.

Keiner von diesen Sieben erkannte den Schatz, welchen das von ihnen geleitete Theater barg, und welchen zu heben es genügt hätte, den fortwährend noch unbeachteten Beckmann nur einmal mit einer Rolle zu bedenken, welche ihm gestattet hätte, die Fülle seiner Begabung vor dem großen Publicum glänzen zu lassen!

Es war deshalb für letzteren das größte Glück, daß sein Landsmann, der Dichter Holtei, sich mit der Intendanz des Berliner Hoftheaters bezüglich seiner Stellung nicht einigen konnte, und sich endlich entschloß, die ihm wiederholt von Seite der siebenköpfigen Direction gemachten Anträge, die Stelle eines Directions-Secretärs, Theaterdichters und, wenn erforderlich, auch Regisseurs anzunehmen. Unbestritten muß Holtei allein das Verdienst zuerkannt werden, das Talent Beckmann's sogleich erkannt, und demselben Bahn gebrochen zu haben, trotz aller Widersprüche der Directoren, von welchen einer sogar, so oft Holtei sich um seinen Schützling annahm, ihm den Vorwurf der Parteilichkeit machte, indem er wiederholt äußerte: »Ah! Ihr Schlesier hakt zusammen wie die Kletten!«

Dieß hielt jedoch Holtei nicht ab, gegen Ende des Jahres 1825 eine kleine Posse: »Der Kalkbrenner,« zu verfassen, und die Hauptrolle Beckmann zuzutheilen. Hören wir über die Leistung des Letzteren das Urtheil des Verfassers selbst. Holtei schreibt hierüber:

»Er (Beckmann) entfaltete in der Hauptrolle zum ersten Male sein angebornes komisches Talent, vielleicht schon deshalb in ungebundener Freiheit, weil er im schlesischen Dialecte zu sprechen hatte. Der Dialect, die provinzielle Mundart und Ausdrucksweise ist für die Posse von höchster Wichtigkeit. Man lasse die Wiener Volkskomiker hochdeutsch reden, — und wir wollen sehen, was übrigbleibt? — Zwar bin ich weit entfernt, zu behaupten, daß ein Talent wie Beckmann nur in schlesischer Mundart heimisch sei, er hat seine Meisterschaft in andern Richtungen genügend bewiesen. Aber daß er, im Anfange seiner Laufbahn, den heimatlichen Jargon wie eine Stütze gebrauchte, um sich weiter zu fördern, ist ebenso gewiß, als daß nicht jeder Schauspieler den ihm angebornen Dialect auf der Bühne zu benützen und zu behandeln versteht. Es gehört ein sorgfältig ausgebildetes Geschick dazu, aus dem wirklichen in's Theaterleben zu übertragen, damit, was dort niedrig und gemein klingt, auf den Brettern nur graziös, naiv und komisch wirke. Diese Uebertragung versteht Beckmann. Daher die enorme Wirkung, die er als Kalkbrenner, als Stehauf (im »Fest der Handwerker«), als Vater Renner (in »Adlers Horst«), als Hellmann (in dem »Majoratsherrn«) hervorbrachte.

»Seidelmann war auch ein Schlesier, liebte unser Vaterland, war vertraut mit unserer Sprechweise, und konnte doch, bei aller Bemühung, niemals einem im schlesischen Dialect vorgetragenen Scherze wahre Natürlichkeit verleihen. Beckmann erreichte diese so vollkommen, daß jeder Hörer von der Echtheit der Darstellung ergriffen wurde, und daß sogar diejenigen Berliner, denen Schlesien und schlesische Ausdrücke fremd und unverständlich waren, an der naturgetreuen Auffassung Behagen fanden."

Mit diesem »Kalkbrenner« hatte sich Beckmann endlich entschieden Bahn gebrochen, er wurde von nun an nur mehr in komischen Rollen verwendet, und sein Humor, der sich bisher oft, gleichsam gegen sich selbst mißtrauisch, versteckt gehalten hatte, entfaltete nun seine bunten Schwingen, nicht nur auf der Bühne, die seine Welt war, sondern auch in der Welt, im bürgerlichen Leben, in welchem er die Rolle des Alleweltlustigmachers fortzuspielen schien.

Eben dadurch unterschied er sich bis an sein Lebensende wesentlich von allen andern Komikern. Diese sind meistens im Leben nichts weniger als komisch. Es ist, als ob ihr gänzlicher Vorrath von Humor durch die Späße und Witze, die sie von der Bühne herab loszulassen verpflichtet sind, erschöpft wäre, so kalt, mürrisch, ja oft vollkommen ungenießbar werden sie, sobald sie ihre Theatergarderobe verlassen haben.

Wir brauchen nicht erst so weit zurückzugreifen, und an den Hanswurst Carlin unter Ludwig XIV. und den Wiener Hauptkomiker Gottfried Prehauser zu erinnern, welche beide in Geistesnacht endeten. Näher liegt uns Raimund, welcher im Leben nur der »Murrkopf« war, den er im »Alpenkönig und Menschenfeind« so wahr schilderte und der endlich in Folge seiner immer schon krankhaft gereizten Nerven nur eines an sich geringfügigen Anlasses, wie der Biß jenes Hundes war, bedurfte, um die Hand an sein eigenes Leben zu legen! Oder hätte irgend Jemand, der über das bloße Erscheinen unseres unvergeßlichen Scholz, wenn sich derselbe auf der Bühne befand, sich fast krank lachen konnte, auch nur den mindesten Reiz zu einem Lächeln verspürt, wenn er außer dem Theater auch eine Stunde lang mit ihm sich zu unterhalten — versuchte? War Nestroy, welcher doch auf der Bühne durch die keine Schranken kennende Keckheit seines Witzes förmlich elektrisirte, nicht im gesellschaftlichen Verkehre beinahe auf kindische Weise schüchtern und wortkarg?

Wie ganz anders war Beckmann! Er besaß nicht nur einen eigenen, ihm in jedem Augenblicke zu Gebote stehenden Witz, sondern er war auch immer bemüht, sich fremde Witze zurecht zu machen, und im Gedächtnisse zu behalten, so daß er gleich einer fortwährend geladenen Elektrisirmaschine bei jeder Berührung Funken zu sprühen vermochte.

Einige Proben seiner improsirten Witze — außerhalb der Bühne — welche er in Berlin zum Besten gab, mögen hier einen Platz finden. Es wurde ihm bei einer Tischgesellschaft ein Platz zwischen den beiden Schwestern Auguste und Charlotte von Hagn angewiesen. Beim Niedersetzen sagte er: »Eine herrliche Stelle! Zwischen A. Hagn und C. Hagn kann man nur mit B. Hagn (Behagen) sitzen!«

Eines Tages ließ sich Beckmann von Freunden verleiten, einen Berliner Rezensenten, eine stadtbekannte Figur, Namens Fränkel, auf der Bühne zu persiffliren, und stellte ihn in Maske und Gesten so getreu dar, daß das Publicum am Schlusse: »Fränkel heraus!« rief. Der Journalist klagte, und

Beckmann wurde verurtheilt, den Beleidigten in dessen Wohnung vor Zeugen um Verzeihung zu bitten. Zur bestimmten Stunde harrte Herr Fränkel im Kreise seiner Familie und einer Unzahl von hiezu invitirten Verwandten und Bekannten des ankommenden Büßers. Aber Viertelstunde um Viertelstunde schlich mit bleiernem Schritte dahin, und Beckmann kam nicht! Endlich ging die Thür auf, Beckmann steckte den Kopf herein und fragte: »Wohnt hier Herr Maier?« — »O nein!« antwortete Fränkel, »der wohnt daneben!« — »Ah — da bitte ich um Verzeihung!« sagte Beckmann sich rasch entfernend, und hatte sich auf diese Weise zum großen Aerger des Herrn Fränkel und zur Erheiterung der in ein schallendes Gelächter ausbrechenden geladenen Zeugen der ihm auferlegten Buße pünktlich entledigt.

Einst ging er über einen der Hauptplätze Berlins, als ihn ein Fremder mit der Frage aufhielt, wie er von hier aus am schnellsten zur Polizeidirection kommen könnte. »Wollen Sie sehr schnell dorthin kommen?« frug Beckmann. — »Ja,« entgegnete der Fremde, »es hat Eile!« — »Nun,« sprach Beckmann, »da will ich Ihnen einen Rath geben; gehen Sie dort hinein« (dabei wies er auf den Laden eines Goldarbeiters) »und stehlen Sie ein Armband oder dergleichen, dann werden Sie gleich auf der Polizeidirection sein!«

Beckmann hatte in einem Badeorte eine Cur gebraucht. Kurz vor der Abreise besuchte ihn der Brunnenarzt, und fragte ihn, wie er sich befinde. Beckmann erwiederte: »Ich danke Ihnen, Herr Doctor, mir fehlt gar nichts!« Der Arzt war entzückt, aber Beckmann erklärte weiter: »Sehen Sie, Herr Doctor! als ich hieher kam, hatte ich Ohrenbrausen, das hab' ich noch, hatte Augenschmerz, den hab' ich noch, hatte Magendrücken, das hab' ich noch; Sie sehen also, daß mir gar nichts fehlt von dem — was ich mitgebracht habe!«

Beckmann stand einst vor dem Eingange des Königstädter-Theaters im Kreise mehrerer Collegen, unter welchen sich auch der nicht sehr beliebte Schauspieler P..l befand. Dieser letztere bestürmte Beckmann fortwährend, er möge doch einen Witz machen, oder etwas Spaßiges erzählen. Beckmann war des Zudringlichen bereits überdrüssig, und antwortete endlich auf erneutes Andringen P..l's: »Nun, ich kann Euch höchstens einen sonderbaren Traum erzählen, den ich heute Nacht hatte!« — »Erzählen Sie! — erzählen Sie!« rief P..l begierig, und drängte sich noch näher. »Mir träumte,« begann nun Beckmann, »ich sei gestorben, und stände bereits vor der Himmelspforte. Doch Petrus verweigerte mir den Einlaß unter dem Vorgeben: »Schauspieler dürfen nicht in den Himmel!« Bestürzt senkte ich mich wieder zur Erde nieder, und kroch in mein Grab. Gleich darauf erzählte mir mein Grabesnachbar: mein Kollege P..l habe gleichfalls das Zeitliche gesegnet, und sei schon in den Himmel gekommen. Darüber entrüstet, flog ich wieder nach der Himmelspforte hinauf, klopfte Petrum heraus, und fragte ihn nach dem Grunde der Zurücksetzung, die ich erfahren, während doch P..l hineingekommen wäre? »Ih, lieber Herr Beckmann!« erwiderte Petrus, und klopfte mir auf die Schulter, »wie können Sie nur so wunderlich sprechen? der P..l war ja in seinem Leben kein Schauspieler!«

Während Beckmann's Actien fortwährend im Steigen begriffen waren, sanken aber trotzdem die Actien des Königsstädter-Theaters immer tiefer im Curse, und zwar, wie Holtei selbst bekennt, nicht ganz ohne seine Mitschuld. Er hatte seiner Stellung als Directions-Secretär in Folge seiner Unerfahrenheit und Leidenschaftlichkeit, seiner Stellung als engagirter Theaterdichter in Folge des vergnügungssüchtigen Lebens, dem er sich hingab und das ihn von der Verfassung der versprochenen Anzahl neuer Stücke abhielt, nicht entsprochen. Ebensowenig scheint nach den uns vorliegenden Mittheilungen das Siebengestirn der Direction besonders geglänzt zu haben, der Gagen-Etat war im Verhältnisse zu den Einnahmen zu hoch, und so kam es, daß im Jahre 1829 das Theater sammt dem Fundus instructus im Licitationswege verkauft wurde.

Der Besitzer der bis dahin an die Actionäre verpachteten Concession, Herr Friedrich Cerf, machte von seinem Vorkaufsrechte Gebrauch, und erstand das Theater um zwanzig Procente unter dem Schätzungswerthe. — Das Königstädter-Theater galt also von nun an als Eigenthum des genannten Herrn, welcher es aus eigenen Mitteln (?) gekauft, und dann nicht nur in öconomischer Beziehung ohne allen Zuschuß blühend aufrecht erhielt, sondern auch für sein reines, uneigennütziges, menschenfreundliches und künstlerisches Wirken den Titel eines Commissionsrathes und den Rothen Adler-Orden dritter Classe empfing. So wenigstens sollte geglaubt werden, obwohl es in Berlin Leute genug gab, welche einige Zweifel gegen die Wahrheit dieser Angaben laut werden ließen und Herrn Cerf für einen, aus hier nicht zu erörternden Gründen, von sehr hoher Seite unterstützten Mann hielten.

Ob diese Zweifel so ganz unberechtigt gewesen seien, mag

eine nähere Beleuchtung dieses Mannes, welcher auch auf
Beckmann's Schicksal einen entscheidenden Einfluß übte,
darthun.

Lesen und Schreiben konnte der Herr Theater-
Director und Commissionsrath für's Erste nicht!
Dieß erzählte uns Beckmann nicht bloß im Scherze, sondern
auch andere sehr ernste Leute, welche mit jenem in Berührung
standen, bestätigen diese traurige und doch wieder in ihren
Consequenzen ergötzliche Wahrheit!

Beckmann war eines Tages gerade bei Herrn Director
Cerf, als dieser einen Brief von großer Wichtigkeit erhielt,
dessen Inhalt, eine vertrauliche Mittheilung enthaltend, aller
Welt Geheimniß bleiben sollte. Cerf ersuchte Beckmann
unter dem von ihm bei solchen Anlässen stets gebrauchten Vor-
wande, daß er seine Brille vergessen habe, ihm den Brief vor-
zulesen. Beckmann willfahrte diesem Ansuchen, als er aber
zu der Stelle kam, die eben aller Welt ein Geheimniß bleiben
sollte, stürzte Cerf auf ihn los und hielt ihm beide Ohren
zu. »So!« rief er dann, »nun lesen Sie weiter, denn das,
was jetzt kömmt, darf nur ich selbst hören!«

Im königlichen Hoftheater wurde die »Antigone« von
Sophokles gegeben und errang einen ungeheuren Erfolg.
Beckmann, welcher der Vorstellung beigewohnt hatte, sagte
scherzend: »Nun, der Sophokles kann sich gratuliren!« —
Als Cerf dieses hörte, wandte er sich sogleich mit den Worten an seinen Secretär: »Suchen Sie einmal nach im Woh-
nungsanzeiger, wo der Herr Sophokles wohnt, und schreiben Sie ihm, er soll mir machen für mein Theater ein Stück
wie die »Antigone«, ich werd' es ihm gut bezahlen!«

Ein andermal erkundigte er sich bei seinem Capellmeister nach der Stimme einer neuengagirten Sängerin.

»Die Stimme ist gut,« sagte ihm der Musiker, »aber ein mezzo sopran, es fehlt ihr die nöthige Höhe.«

»Dummes Zeug!« antwortete der Director. »Das wird sich schon mit der Zeit geben, wenn sie nur erst einige Male gesungen haben wird.«

Cerf reiste auch öfter nach Wien, um sich hier die Novitäten der verschiedenen Bühnen anzusehen; bei einer solchen Gelegenheit lernte er den damaligen Hofschauspieler Marr kennen, von dem er gehört hatte, daß er, mit seinen hiesigen Verhältnissen unzufrieden, das Burgtheater verlassen wolle. »Ich will Sie glücklich machen,« sprach Cerf zu ihm, »will Sie engagiren.« — »Hm! darüber ließe sich sprechen!« erwiderte Marr. »Wir wollen sogleich sprechen,« drängte Cerf, »kommen Sie, seien Sie mein Gast im »Erzherzog Carl«. Marr lehnte die Einladung aus dem Grunde ab, weil er bereits dinirt hatte, erklärte sich aber bereit, ihn in das Hotel zu begleiten und ihm dort Gesellschaft zu leisten. Als sie im Speisesalon Platz genommen hatten, drang Cerf auf's Neue in seinen Gast, indem er ihm die Speisekarte zuschob und ihn bat, er möge doch gleich für sie Beide das Beste bestellen, was zu haben wäre. Marr dankte wieder ablehnend. »Nun, so bestellen Sie für mich allein!« sprach Cerf, bereits mißmuthig werdend. Marr entgegnete, daß er auch dieß nicht thun könne, da er den Geschmack des Herrn Commissionsrathes nicht kenne. Inzwischen war der Kellner hinzugetreten und bat um Befehle. Nun erkannte Marr bald, aus welchem Grunde er die Bestellung hätte machen sollen, denn Cerf, des Lesens unkundig,

glaubte der Verlegenheit sich dadurch entziehen zu können, daß
er nur mit dem Zeigefinger auf eine Stelle der Speisekarte
wies und zum Kellner sprach: »Bringen Sie mir von dem
da!« Der Kellner entfernte sich und brachte — ein Compot
zum Anfange des Diners! Cerf verschluckte seinen Aerger,
kostete nur von den eingemachten Früchten und rief dann,
ohne auf die Karte zu sehen: »Suppe!« — »Welche Gattung
belieben?« entgegnete der Kellner und wies auf die betreffende
Rubrik der Karte. Cerf, in der Meinung nun den rechten
Weg gefunden zu haben, wies auf die erste Zeile: »Von die=
ser!« — Gut; er erhielt auch wirklich eine soupe à la reine,
die er mit sichtlichem Appetite verzehrte. »Nun von dem!«
befahl er dem Kellner, auf die zweite Zeile derselben Rubrik
weisend. Der Kellner ging und brachte eine braune Suppe mit
Reis. Cerf stellte sich, als wäre auch jetzt nur sein eigener
Wunsch erfüllt, löffelte die Suppe aus und rief dann, auf die
dritte Zeile deutend: »Aber nun von dem!« Ohne seine Ver=
wunderung merken zu lassen, gehorchte der Kellner und
brachte eine soupe-santé.

Verdutzt blickte der Gast die dritte Portion Suppe und
dann den Kellner an, welcher ein gewisses Lächeln kaum mehr
bergen konnte. »Ich mag das nicht mehr!« sprach endlich
Cerf. »Tragen Sie's zurück, ich werd's bezahlen; aber ich
will jetzt von dem!« und dabei deutete sein Finger wieder um
eine Zeile tiefer. Als ihm aber hierauf der Kellner eine
»Brodsuppe mit Ei« brachte, ward's ihm doch zu viel! —
Ohne sie zu berühren, rief er zornig: »Ich will zahlen!« warf
das begehrte Geld auf den Tisch, stand auf und sagte, rasch
davongehend, zu Marr: »Niederträchtig! In dem Hotel ha=

ben sie heute gar nichts als Suppe!« — Er war so verstimmt, daß von Engagements-Verhandlungen nicht weiter die Rede war. Marr erfuhr aber später, daß Cerf während der Tage, die er in Wien zubrachte, sich zum Mittagessen immer einen Gast geladen habe, nur um Jemanden zu haben, der ihn der Verlegenheit entzöge, selbst die Speisen bestellen zu müssen.

Ein anderes Mal hatte Cerf im Wiener Hofopern-theater Auber's »Stumme von Portici« gehört, welche Oper ihm sehr gefiel. Er wollte sie daher für sein Theater ankaufen lassen. Während der Rückreise nach Berlin vergaß er aber den Titel — doch was verschlug dieß? Er commandirte seinem Secretär: »Schreiben Sie gleich an unsern Agenten, er soll mir schicken die Oper, wo vorkommt in der Ouverture: »Ti-didei — tididei — tididei — zc.« und dabei sang er mit jüdi-schem Accente den Einzugsmarsch, welcher bekanntlich schon in der Ouverture der benannten Oper erklingt.

Holtei gastirte eines Abends auf dem Königstädter Theater als Riccaut in Lessing's »Minna von Barnhelm«. Das Haus war bei dieser Vorstellung ziemlich leer, als nun Holtei von der Bühne ab- und in die Coulisse trat, empfing ihn der sehr verstimmte Director Cerf mit den Worten: „Sie sprechen sehr gut französisch, aber mit Ihren drama-tischen Stücken von Lessing und solchen Leuten bleiben Sie mir vom Leibe!«

Im Anfange seiner Directionsführung trat zwar Cerf schüchtern auf, und zeigte den Willen, seinem Unternehmen durch das freundschaftlichste Entgegenkommen Diejenigen zu sichern, von welchen er sich Nutzen versprach. Daß unter diesen

Beckmann in erster Reihe stand, versteht sich von selbst, und der bereits so beliebt gewordene Komiker wurde zu einem Contracte bewogen, welcher ihn auf viele Jahre an das Königstädter-Theater fesselte, obwohl ihm auch einige Monate des Jahres zu Urlaubsreisen gestattet waren.

Eine solche benützte Beckmann, um in seiner Vaterstadt Breslau, welche ihn nur als Anfänger gekannt hatte, zu gastiren. Seine beiden Eltern lebten noch, und er beeilte sich, gleich nach seiner Ankunft sie zu besuchen. Sein alter Vater war bezüglich der Standeswahl seines Sohnes durch die Berühmtheit, welche dieser mittlerweile erlangt hatte, längst versöhnt, wollte sich aber dennoch nicht bewegen lassen, einer Gastvorstellung beizuwohnen. Nach vielen Bitten ließ er sich aber endlich doch bestimmen, eine Anweisung auf einen Parterre-Sperrsitz anzunehmen. Das Haus war von dem elegantesten Publicum in allen Räumen überfüllt, Beckmann wurde bei seinem Erscheinen mit Jubel begrüßt, und erfuhr schon während des ersten Actes von einigen Freunden, die ihn auf der Bühne besuchten, daß der »alte Herr« — sein Vater nämlich — sich wirklich auf seinem Sitze im Parterre befinde. Nach der unter den rauschendsten Beifallsbezeigungen und nach unzähligen Hervorrufungen des Gastes beendeten Vorstellung fuhr Beckmann sogleich zur Wohnung seines Vaters, um zu erfahren, welchen Eindruck sowohl der erste Besuch eines Theaters, als auch das Spiel seines Sohnes auf den Alten gemacht habe. Zu seinem Befremden erfuhr er aber von seiner Mutter, daß sein Vater schon bald nach acht Uhr Abends wieder nach Hause gekommen, sehr verstimmt gewesen sei, und über die Vorstellung gar nichts gesprochen, sondern sich sogleich zu Bette begeben habe. Beckmann wollte ihn jetzt nicht wecken lassen, besuchte ihn aber in der Morgenstunde des nächsten Tages, um sich nach der Ursache des so schnell abgebrochenen Theaterbesuches zu erkundigen. — »Ich hab' dir's ja im Voraus gesagt,« sprach sein Vater, noch immer verdüstert, »ich passe für solche Orte nicht! Ich hatte doch gestern meinen Sonntagsrock an, und doch bemerkte ich gleich bei meinem Eintritte in's Parterre, daß mich die Leute alle so sonderbar ansahen. Nun — ich ertrug's, und setzte mich ruhig auf den mir angewiesenen Platz zwischen die geputzten Herren und Damen. Im Anfange sagten sie wohl nichts, als aber nach dem ersten Acte der Vorhang gefallen war, schrieen alle Leute im ganzen Hause: »Beckmann h'raus! — Beckmann h'raus!« — Da bin ich denn auch h'rausgegangen — ich glaube, sie hätten mich sonst hinausgeworfen!«

Beckmann hatte Mühe, dem theaterunkundigen Vater begreiflich zu machen, daß das »Beckmann h'raus!« ihm, dem Sohne und Schauspieler, gegolten habe, konnte aber doch jenen nie mehr bestimmen, wieder in das Theater zu gehen.

In diese Zeit fällt auch das Bekanntwerden Beckmann's mit einem Manne, welcher den bedeutendsten Einfluß auf des Komikers angebornes humoristisches Talent übte, von dem er lernte, die Pfeile des Witzes zu schärfen und zu spitzen, von dessen Einfällen er aber auch — wir können es nicht verschweigen — sich jahrelang nicht nur in Berlin, sondern auch hier in Wien ernährte, den er als Witzbold häufig zu copiren versuchte, was ihm aber freilich theils seiner eigenen Harmlosigkeit wegen nicht so ganz gelang, theils von seiner

loyalen und immer streng conservativen Gesinnung verboten
wurde.

Dieser damals noch sehr junge Mann war **Adolf Glaßbrenner**! Wir hoffen uns den Dank unserer Leser zu erwerben, wenn wir der Ausmalung des Bildes dieses Schriftstel-
lers längere Zeit widmen; seine Bedeutsamkeit für den Komiker, dessen Leben wir zu beschreiben eben beschäftigt sind,
ist so groß, daß wir füglich behaupten können: ohne Glaßbrenner wäre Beckmann nie der Beckmann geworden, als
welchen wir ihn kennen und liebgewinnen lernten!

Adolf Glaßbrenner wurde am 27. März 1810 zu
Berlin geboren. Sein Vater war ein Würtemberger, seine
Mutter eine Berlinerin, beide betrieben eine kleine Schmuck-
federfabrik, welche sich in der Leipzigerstraße, im sogenannten
»fliegenden Roß«, dem jetzigen Hotel de Prusse, befand. Hier
verlebte Adolf Glaßbrenner seine ersten Lebensjahre unter
einer zahlreichen Geschwisterschaar. Man rühmt ihn als einen
muntern, aufgeweckten Knaben, der sich sowohl mit Franzosen,
als auch mit Russen, welche damals abwechselnd Berlin be-
setzten, wohl zu vertragen wußte. Lustig und voll Uebermuth,
den Schelm im Nacken, konnte er doch zugleich auch ernst und
fromm der Gewohnheit des Hauses folgen. Schon in der
Schule, in welcher er neben Carl Gutzkow saß, machte er
Epigramme auf seine Lehrer sowohl, als auf seine Mitschüler,
daneben aber vermochte der kleine, blonde, pausbackige Knabe
zu Hause auch ganz gravitätisch auf einen Stuhl zu steigen und
»Predigten zu halten!« — Später war es auch sein sehnlich-
ster Wunsch, Theologie studiren zu dürfen, aber seine in sehr
beschränkten Verhältnissen lebenden Eltern bestimmten ihn für

den Kaufmannsstand. Hinter dem Ladentische einer Band- und Zeughandlung mußte Adolf Glaßbrenner seine ersten Jünglingsjahre verschmachten. In den karg zugemessenen Mußestunden schuf er seine ersten poetischen Versuche, von welchen schon im Jahre 1827 einige in Berliner Blättern erschienen. Zwanzig Jahre alt, fühlte er sich bereits literarisch stark genug, um die Elle für immer mit der Feder vertauschen zu können. Seine launigen Verse, seine witzigen Einfälle und seine ganz muntere Schreibart gefielen dem Publicum, und verschafften seinen Schriften reißenden Abgang. Zweiundzwanzig Jahre alt, redigirte er schon das Sonntagsblatt »Don Quixotte«, das er mit den später vom »Kladderadatsch« adoptirten Worten ankündigte: »Dieses Blatt erscheint täglich, mit Ausnahme der Wochentage.« Es ist deshalb wichtig, weil es gewissermaßen den Berliner Witz zuerst zu Worte kommen ließ und in die Literatur einführte. Der Berliner Witz war bis dahin nur ein Gassenjunge gewesen, ein Element, das auf allen Brunnenschwengeln, Treppengeländern, und Fenstersimsen saß, mit den Beinen schlenkerte, und »schnodderige« Redensarten führte, aber von Niemandem recht beachtet wurde, ausgenommen von denen, welchen er seine Schabernacke spielte.

Adolf Glaßbrenner erlöste ihn aus dieser unangenehmen Situation, um ihn in eine epochemachende Stellung zu bringen. Er wusch, um bei dem Gleichnisse zu bleiben, dem Burschen die Hände und kämmte ihm das wirre Haar, dann machte er ihm begreiflich, wer er denn eigentlich sei. Er sprach: »Berliner Witz! Du bist kein bloßer dummer Junge, du bist das Genie Berlins, der souveraine Geist der Bevölkerung! Du mußt dich

gewöhnen, deine Blicke höher und über die sogenannten Keller=
hälse der Häuser hinauszurichten. Du mußt dich um Gott
und die Welt, zuletzt auch ein wenig um Politik und Geschichte
kümmern!«

Nach dieser Erziehungsmethode Glaßbrenner's fing
der Berliner Witz erst an sich in Alles zu mischen, was in
Berlin sich ereignete. Er setzte sich mit den Stammgästen der
Kneipe zu der »kühlen Blonden«, schlich sich in's Theater ein,
kroch dem Prediger in den Aermel seines Talars, dem Staats=
rath in's Portefeuille, ja es gab eine Zeit, in der er sogar
curfähig war, und verstohlen unter den Stufen des Thrones
hockte. In jener Epoche war Kaiser Nicolaus von Rußland
ganz vernarrt in ihn, und kam nie nach Berlin, ohne ihm
Audienz zu geben. Wenn der Czar zu St. Petersburg guter
Laune war, so pflegte er stundenlange von den Unterhaltungen
zu plaudern, die er mit dem Berliner Witze gehabt.

Die eigentliche Herberge des Berliner Witzes, eben das
von Adolf Glaßbrenner redigirte Sonntagsblatt »Don
Quixotte«, wurde so beliebt, daß es bald statt, wie anfänglich
nur einmal, nun dreimal in jeder Woche erscheinen mußte, so
beliebt, daß es in allen Schichten der Gesellschaft gelesen
wurde, so beliebt endlich, daß es der Regierung zuwider und
deshalb verboten wurde!

Aber war gleich der Berliner Witz als Journal unter=
drückt, so tauchte er doch bald wieder in Heften auf.

Die kleinen Hefte, welche Glaßbrenner unter dem
Pseudonym: »Brennglas,« unter dem Titel: »Berlin, wie es
ißt und — trinkt« in langer Reihenfolge erscheinen ließ,
waren von so großer Bedeutung, daß in ganz Deutschland

beinahe keine größere Stadt ohne deren Nachahmung blieb. Der Hauptwerth dieser Werkchen bestand darin, daß in ihnen gewissermaßen das Volk als solches eine Stimme bekam. Die Nation ließ sich vernehmen, zunächst nur mit Einfällen, Späßen und Witzen; aber auch in diesen schon zeigte sich die erst später selbst von den Mächtigsten anerkannte sechste Großmacht — die Macht der öffentlichen Meinung!

Daß Beckmann, welcher nur zu gut wußte, daß Witz das Hauptmateriale zu seinem Schaffen und Wirken bilde, von welchem er sich nie genug Vorrath aneignen könne, um, wenn sein eigenes Feld die Ernte versagte, nicht darben zu müssen, sich innig an Glaßbrenner anschloß, ist um so mehr begreiflich, wenn man weiß, wie er überhaupt Jedem sich gerne näherte, dem er irgend einen Spaß ablauern zu können hoffte! Die Elektrisirmaschine mußte nun einmal immer geladen werden, gleichviel mit welchem Amalgam die Scheibe in Berührung gesetzt wurde.

In Glaßbrenner's Begleitung besuchte Beckmann auch im Jahre 1830 zum ersten Male Wien, um sich die österreichische Residenz, hauptsächlich aber deren Theater zu betrachten, hätte sich aber damals um keinen Preis bereden lassen, Gastrollen auf einem derselben zu geben. Im Jahre 1832 verfaßte Holtei das bürgerliche Drama: »Ein Trauerspiel in Berlin,« welches später Nestroy zur Posse: »Die verhängnißvolle Faschingsnacht« umgestaltete. Unter den im Stücke vorkommenden Holzhackern befand sich auch einer Namens Nante, welcher durch Beckmann's originelle Darstellung und den späterhin daraus hervorgehenden Schwank gleichen

Namens ein symbolischer Typus zu werden vom Schicksale bestimmt war.

Holtei stand mit dem Director des Königsstädter-Theaters, dem mehrfach erwähnten Commissionsrathe Cerf, auf sehr gespanntem Fuße, auch hatte die Frau des Erstgenannten, die Schauspielerin Julie von Holtei, eine mächtige Gegenpartei im Theater, es gelang daher nur schwer, das Stück zur Aufführung zu bringen, und nur der eben fühlbare Mangel an Novitäten und der Umstand, daß das eingereichte Stück keine Kosten an Garderobe und Decorationen verursachte, waren Ursache, daß man endlich doch daranging, es einzustudiren. Die erste Aufführung fand am 24. März statt.

Holtei, von unsäglicher Angst bezüglich des Erfolges gefoltert, welche noch durch verschiedene ihm zu Ohren gekommene Gerüchte gesteigert wurde, brachte es, obwohl seine Frau die Hauptrolle spielte, nicht über sich, der Vorstellung selbst beizuwohnen. Schon während der Nachmittagsstunden quälte ihn eine fieberhafte Unruhe. Gegen vier Uhr ließ sich Ferdinand Raimund, welcher eben in Berlin eingetroffen war, um eine Reihe von Gastvorstellungen zu geben, bei ihm, mit dem er schon in Wien Bekanntschaft gemacht hatte, melden, und trat mit den Worten ein: »Ich weiß's, wie Eim' z'Muth ist, der ein neu's Stuck geb'n laßt, deswegen komm' ich jetzt zu Ihnen, um Ihre Angst a bißel zu zerstreuen!« Diese gewiß collegiale Absicht erreichte der willkommene Gast durch sein gemüthliches Plaudern auch, als er aber hörte, daß Holtei heute das Theater gar nicht besuchen wolle, konnte er es kaum glauben.

»Das ist ja nit möglich!« rief er aus, »man muß ja

doch wissen, was g'schieht!« u. dergl. Aber all' sein Zureden half nichts — er mußte allein in's Theater gehen, während Holtei, in einen Mantel gehüllt, wie vom bösen Gewissen getrieben, menschenleere Gassen durchirrte. Als er gegen acht Uhr wieder nach Hause kam, berichteten ihm seine Kinder, daß vor einer Minute Raimund wieder dagewesen, aber nur den Kopf zur Thür hereingesteckt und geschrien habe: »Gut geht's, stürmischer Beifall!« und dann sogleich wieder verschwunden sei. — Dieses Bulletin konnte wohl als ein während der Schlacht ausgegebenes den Autor nicht vollkommen beruhigen. Mochte auch im Anfange der Sieg auf seiner Seite sein, wer konnte wissen, wie sich der Ausgang noch gestalten würde?

Holtei begann nun erst sich recht zu ängstigen — plötzlich hörte er durch die Stille des Abends den dröhnenden Schall der Hausglocke — er sprang an die Thür, erwartete seine Frau zu sehen — da stand aber, wegen des kalten Regens fest vermummt, Beckmann. »Bin ich der Erste?« fragte dieser, als Holtei, noch kaum begreifend, was mit dieser Frage gemeint sei, sie bejahte, brüllte Beckmann: »Hurrah!« — und fort war er auch schon wieder!

Beckmann hatte aber auch volle Ursache, die Freude des Dichters über den glänzenden Erfolg des neuen Stückes zu theilen, denn für's Erste hatte er ja selbst denselben erringen geholfen, für's Zweite war die einmal so beifällig aufgenommene von ihm geschaffene Figur des Nante die Veranlassung, daß er später selbst für sich die unzählige Mal gegebene Scene: »Der Eckensteher Nante im Verhör« schrieb, die dann auch im Drucke erschien, und, bis heute in vierzig Auflagen gedruckt, in Tausenden von Exemplaren raschen Absatz fand.

Beckmann's eigenes Verdienst um dieses kleine Werkchen ist eigentlich ein sehr geringes, denn die ganze Scene war schon in der viele Jahre vorher in München gegebenen Posse: „Staberl's Reiseabenteuer," in welcher Carl die Titelrolle spielte, enthalten, und Beckmann hatte sie nur berlinisirt und mit einigen, noch dazu meist Glaßbrenner'schen Witzen aufgeputzt. Daß diese Bearbeitung sich einer größeren Popularität erfreute, als seiner Zeit das Original, ruft nur den Horaz'schen Satz: „Habent sua fata libelli" ins Gedächtniß.

Beckmann ließ noch eine Reihe von Fortsetzungen erscheinen, die aber wohl eben aus dem Grunde, weil ihm zu diesen kein so gutes Original zur Unterlage diente, den Reiz des ersten Stückchens nicht erzielten.

So viel ist aber gewiß, daß Beckmann es hauptsächlich seiner Darstellung des Nante in verschiedenen Variationen zu danken hatte, daß er der auserwählte Liebling des Berliner Publicums geworden, denn ganze Volksclassen sind erst durch ihn zum allgemeinen Verständniß gelangt. Der Eckensteher in natura lastete auf Berlin wie ein Alp, man seufzte über ihn; Jeder war durch irgend eine Eigenschaft dieses vielköpfigen Ungeheuers beleidigt worden, da schuf Beckmann den „Nante Strumpf" und der Bann war gelöst! Indem er den Eckensteher zum Sonnenbruder seines Humors erhob, löste er all' die nichtswürdigen Eigenschaften in seine liebenswürdige Persönlichkeit auf, und machte ihn unschädlich, indem er ihn — lächerlich machte.

Nebenbei unterließ aber Beckmann auch außerhalb der Bühne nichts, was ihm die Gunst des großen Publicums erwerben konnte. Er machte sich volksthümlich auf jede Weise.

Er konnte keine Cigarre kaufen, ohne im Kramladen wenigstens ein Witzwort zu sprechen, oder eine neue Anecdote zu erzählen; jede Obsthändlerin, jeder Droschkenkutscher wußte irgend ein Bonmot, das er aus Beckmann's eigenem Munde vernommen hatte. So kamen auch manche lustige, aber immer harmlose Streiche, welche Beckmann im Vereine mit Kunstgenossen ausgeführt hatte, zur Kenntniß, und wurden lachenden Mundes in allen Gesellschaften erzählt.

Einer von diesen Streichen war nachstehender:

Beckmann, Gern, Rüthling und Schneider, die Quadrupel-Allianz der Berliner Komik, beschlossen einst nach Beendigung der Theatervorstellung eine Partie nach Treptow zu machen, um dem dort stattfindenden Feuerwerke beizuwohnen. Die Droschken, welche sonst zahlreich auf den Halteplätzen anzutreffen sind, wenn man nämlich keiner bedarf, waren dießmal bereits unsichtbar geworden; man mußte sich also entschließen, bis zur Jacobsstraße zu gehen, um sich dort einem jener großen Gesellschaftswagen anzuvertrauen. Das lustigste Quartett von ganz Berlin saß bereits in dem Wagen, als der phlegmatische Kutscher sie ersuchte, nur noch ein Viertelstündchen verweilen zu wollen, weil er nicht eher abfahren könne, als bis er zwölf Passagiere hätte. Die Komiker waren augenblicklich entschlossen, die noch fehlenden Personen zu ergänzen; ihr Plan wurde noch durch die bereits eingetretene Dunkelheit begünstigt. Der leichtfüßige Schneider war der Erste, welcher unbemerkt vom Wagen stieg, und, von der andern Seite kommend, vor den Kutscher trat: »Ist noch Platz?« frug er. — »Die schwere Menge! Steigen Sie ein!«

— Während Schneider einstieg, hatte sich bereits Beckmann

herausgewunden, und erschien jetzt als wohlconditionirter Berliner mit der bescheidenen Anfrage: »Ob er noch mitfahren könne?« — »Immer h'rein, mein Herr!« erwiederte der Kutscher. »Sehen Sie, meine Herren! jetzt sind's schonstens sechs, es fehlen man noch sechs lumpige Perschonen.« — Gern und Rüthling erschienen gleichzeitig, der Eine als personificirte Hopfenstange, der Andere mit süßlicher Garçonmiene, und wurden mit Freuden vom Kutscher aufgenommen. — Das Auf- und Absteigen schien kein Ende nehmen zu wollen, der Kutscher berechnete bereits seine Einnahme, während Schneider und Beckmann von Neuem als zwei Benebelte erschienen waren, und mitzufahren wünschten. Der Kutscher hatte schon die Zügel in den Händen, da der Wagen mit den zwölf Personen, seiner Meinung nach, nun vollständig besetzt war; jedoch Gern in dem Wahne, es fehle noch die zwölfte Person, stieg von Neuem hinaus, um noch einmal das Experiment zu machen. Man denke sich seinen Schrecken, als der Kutscher ihm bemerkte: »Ne, die Polizei hat mir auf'n Strich, ich darf nich mehr als zwölf Perschonen aufladen,« und davonfuhr. Einen so liebenswürdigen Collegen konnte man unmöglich zurücklassen, man bat also den Kutscher, daß er den einen Herrn nur noch mitnehmen solle, zumal er so dünn sei, daß er nur wenig Platz einnehme. — Man hat wohl nicht nöthig, noch zu sagen, wie sehr der Phaeton erstaunte, als in Treptow anstatt dreizehn Personen nur vier aus dem Wagen stiegen. — »I! da muß ja gleich der Deibel d'reinschlagen! bin ich denn behext? Von Dreizehn kann wol Eener sterben, aber doch nich neun!« — Der Kutscher erhielt sein Fahrgeld für dreizehn Personen und war höchst gerührt! —

Aber nicht nur unter dem Volke, auch beim Berliner Hofe erfreute sich Beckmann der höchsten Beliebtheit und Gnade; König Friedrich Wilhelm III., bekanntlich ein sehr großer Theaterfreund, versäumte nicht leicht einen Abend in der Königsstadt, wenn Beckmann spielte.

In dem kleinen Stücke von Kotzebue: »U. A. W. G. oder: Die Einladungskarte,« in welchem es sich um die Enträthselung jener vier Buchstaben handelt, extemporirte Beckmann mit so viel neuen, mitunter barocken Lösungen, daß der König sich vor Lachen schüttelte, und ihm noch am selben Abende eine Börse mit Friedrichsd'or schickte, welcher er zwei neue Lösungen von allerhöchst eigener Erfindung beifügte: »Und Ananasse werden gegessen,« — und: »Und Abends wird geschmaust.«

Auch so oft der Beherrscher aller Reußen, Kaiser Nicolaus, seinen königlichen Schwiegervater in Berlin besuchte, wurde entweder Beckmann in das königliche Palais befohlen, um dort einige komische Productionen zu leisten, oder die allerhöchsten Herrschaften bestimmten ein Stück, in welchem er eine Hauptrolle hatte, und besuchten dann das Königsstädter-Theater, wo sie regelmäßig bis zum Schlusse der Vorstellung verblieben.

Eines Tages litt Beckmann so heftig an Rheuma, daß er sich bei der Theaterdirection bereits als unfähig zu spielen hatte entschuldigen lassen. Da kam der Theater-Secretär zu ihm und beschwor ihn mit aufgehobenen Händen, er möge nur heute keine Störung verursachen, soeben habe Se. Majestät der Kaiser von Rußland ansagen lassen, daß er heute das Theater mit seinem Allerhöchsten Besuche beglücken werde.

Beckmann, obwohl beinahe stöhnend vor Schmerz, erwiderte: »Nun, wenn Kaiser Nicolaus da ist, werd' ich wohl spielen können, er ist der Beherrscher aller Reußen, also wird er wohl auch mein Reißen (in den Gliedern) beherrschen!«

König Friedrich III. und seine ganze Familie hatten mit Kaiser Nicolaus einmal eine Zusammenkunft auf dem alten brandenburgischen Schlosse Schwedt, der ehemaligen Residenz einer Nebenlinie der Hohenzollern (Markgrafen von Brandenburg-Schwedt) verabredet. Der König gedachte seinen kaiserlichen Eidam mit einer theatralischen Vorstellung zu überraschen, und befahl unter andern auch Beckmann, sowie dem nachmaligen Hofrath Schneider, welcher zu jener Zeit noch ein College Beckmann's war, nach Schwedt, in dessen großem Saale man eine niedliche Bühne aufgerichtet hatte.

Der Kaiser hatte seine Ankunft auf sieben Uhr Abends zugesagt; man wußte, daß er sehr pünctlich war, und es eher liebte, durch eine frühere Ankunft zu überraschen; desto größer war die Unruhe der königlichen Familie, als es acht und neun Uhr wurde, und der Kaiser nicht ankam. Der König zog bereits die Brauen finster zusammen, und ging mit jener unheimlichen Geschäftigkeit umher, die seiner Umgebung nur zu bekannt war als Heroldin einer bevorstehenden sehr üblen Laune.

Da trat die ihm morganatisch vermälte Fürstin Liegnitz (geborne Gräfin Harrach) auf Beckmann zu und bat ihn, zu versuchen, ob er nicht durch einige Improvisationen den König zerstreuen könne.

Beckmann that dieß, und mit glücklichem Erfolge. Der

König ging sogar auf die kleine Bühne hinauf, um ihm einige Worte der Anerkennung zu sagen. Durch einen Zufall ging in diesem Augenblicke der Vorhang in die Höhe, und die königlichen Prinzen und Prinzessinnen klatschten, als sie den König auf der Bühne sahen. Dieser ging auf den Scherz ein, trat, sich verbeugend, an die Lampen, und stammelte in seiner bekannten Manier: »Nachsicht haben… erster Versuch… später besser machen« u. s. w.

Glücklicher Weise kam in demselben Augenblicke der Czar an. Er hatte in der That überraschen wollen, und deshalb von Kronstadt aus den Seeweg nach Stettin genommen. Aber die Wellen der Ostsee gingen sehr hoch und das Schiff wurde lange auf ihr herumgetrieben, so daß der Kaiser endlich sich glücklich schätzen mußte, in Memel landen zu können, und den Weg im Wagen fortzusetzen. Daher der Verzug. Die eigentliche Vorstellung begann nun. Beide Fürsten lachten nun aus vollem Halse. Der König war nie gnädiger als an diesem Abende. Beckmann und Schneider wurden mit Beifall überschüttet, und später mit einem ausgezeichneten Souper aus der königlichen Küche und mit Wein im Uebermaße bewirthet. Dafür bewarfen sie sich die ganze Nacht hindurch von ihren Betten aus mit ihren Stiefeln und Kleidungsstücken wie Schuljungen.

An seine Beliebtheit beim preußischen Hofe knüpfte Beckmann schon damals zwei Hoffnungen, von welcher sich aber die erstere gar nicht, die zweite nur zu einem geringen Theile erfüllte.

Beckmann's Ehrgeiz strebte nämlich vor Allem nach dem Range eines königlich preußischen Hofschauspielers, aber wie gern ihn der König auch im Königstädter-Theater sah, konnte er sich doch weder durch die Fürsprache einflußreicher Personen, noch durch die unterthänigst unterbreiteten Gesuche Beckmann's bewegen lassen, in seine Anstellung am Hoftheater zu willigen.

Eine nicht mindere Sehnsucht fühlte aber Beckmann damals schon, sein Knopfloch mit einem farbigen Bändchen geschmückt zu sehen; hatte doch Talma von Napoleon I. in Anerkennung seiner Meisterschaft das Kreuz der Ehrenlegion erhalten, war doch in Berlin selbst der Schauspieler und Dichter Iffland mit dem rothen Adler-Orden vierter Classe geschmückt worden, warum sollte also der so allbeliebte Beckmann, der in seinem Fache doch auch Vorzügliches leistete, mit der letzterwähnten Auszeichnung nicht belohnt werden? Aber auch dieß Ziel seiner heißesten Wünsche schien für ihn in seinem Vaterlande unerreichbar!

Einmal glaubte er schon, demselben näher gerückt zu sein. Während er eines Nachmittags fischend am Ufer saß, stürzte, wir wissen nicht, ob in selbstmörderischer Absicht oder aus Ungeschicklichkeit, ein Mann in das Wasser. Beckmann, ein geübter Schwimmer, sprang ihm sogleich nach, und brachte ihn glücklich noch lebend an's Ufer. Schon sah er nun, nachdem der Vorfall allgemein bekannt geworden, den rothen Adler auf sein Knopfloch zufliegen; da erhielt er in Folge allerhöchster Anerkennung seiner rettenden That die — Rettungsmedaille, welche aber, nach den bestehenden Statuten nicht getragen werden durfte!

Vergeblich suchte er um die ausnahmsweise Begünstigung an, die ihm verliehene Medaille am orangengelb-weißen

Bande tragen zu dürfen, es wurde ihm wiederholt bedeutet, daß in dieser Beziehung keine Ausnahmen gestattet würden, und erst nach mehr als zwanzig Jahren, als er bereits am hiesigen Hoftheater angestellt war, wurde ihm auf Verwendung sehr hochgestellter Personen und auf sein neuerdings überreichtes Bittgesuch die schriftliche Bewilligung sammt einer halben Elle des Bandes zugestellt.

Ein Witzling bemerkte bei dieser Gelegenheit, Beckmann habe nachträglich auch das Band der Rettungsmedaille erhalten, nicht bloß weil er einen Menschen, sondern weil er, ohne jemals zu »schwimmen«, so viele Stücke gerettet habe!

Seine Sterne sollten eben erst am Abende seines Lebens aufgehen, damit wahr werde, was schon Goethe sagte: »Was man in der Jugend wünscht, hat man im Alter in Fülle!«

Beckmann hätte sich aber auch schon in Berlin über das Fehlschlagen dieser Hoffnungen leicht trösten können, bewies ihm doch das Publicum seine Liebe und Theilnahme unter allen Lebensverhältnissen durch ehrende Kundgebungen jeder Art.

Dieß zeigte sich besonders, als Beckmann schon im Jahre 1837 von einer langen, schmerzlichen und lebensgefährlichen Krankheit befallen wurde.

Ganz Berlin, von den allerhöchsten Kreisen bis herab zu den tiefsten Schichten des Volkes, schwebte damals in banger Erwartung des Verlaufes; der Andrang der Leute, welche sich täglich in seiner Wohnung nach seinem Befinden erkundigten, war ein massenhafter, und als es endlich dem berühmten Operateur Gräfe doch gelungen war, den Künstler vollkommen wieder herzustellen, bildete sich sogleich ein großer Verein von Verehreren, welche seine Genesung durch ein glänzendes Fest zu feiern beschlossen.

Dieses Fest fand am 3. März zu Charlottenburg statt. Auch der Begründer von Beckmann's Glück, der bereits mehrfach benannte Dichter Carl von Holtei, war dazu geladen und gebeten worden, zu dieser Feier eine Blüthe seines Geistes zu spenden.

Obgleich nun Holtei, der sich zur selben Zeit bereits zu seiner Abreise nach Riga rüstete, um die Direction des dortigen Theaters zu übernehmen, für den Abend dieses Tages seine letzte Vorlesung des Goethe'schen »Faust« angekündigt hatte, so wollte er doch dem Freundschaftsfeste, welches seinem Schützlinge gegeben wurde, seine Mitwirkung und Anwesenheit nicht versagen; er fand sich um drei Uhr Nachmittags in Charlottenburg ein, und trug während der Tafel das nachstehende von ihm eigens zu diesem Zwecke verfaßte Lied in schlesischer Mundart nach der Melodie: »Denkst du daran,« unter allgemeinem Beifalle vor.

An 'a Beckmann.

Ich wullte Dir partu a' Liedel singen;
  Hernachern dacht' ich: hot's er'r wievel nich'?
Was huchdeutsch is', das wer'n schund And're bringen,
  Was Schlesch'sches aber, das bereet' ock ihch!
Se ha'n 's mit Dir wer weeß wie sihr begangen,
  Und ganz Perlin hot mite eingestimmt!
Was bleibt nu' mir?— Du kannst nich' meh' verlangen,
  Als daß mei' Liedel vun derheeme kümmt!

Aus unſer' Schläſing!! — 's is' kein tummes Land nich',
Das weeßt Du ooch, — und wer'ſch verleekeln will,
Der is' a' Narr und hot keenen Verſtand nich'. —
Ach, de Kummeedje die verdankt i'm viel.
's hot Namen, die de ganze Welt t'utt kennen,
Vun Alter'ſch här, ma' hot ſe recht zur Wahl!
Ihch aber wil ack blußig D r e i e nennen,
Die Dreie is' juſt eine gude Zahl.

Der Irſchte is' mit Tode abgegangen,
Deſthalbig aber lebt a' ſachtewek;
Su wie de Sterndel funkelhelle prangen,
Su funkelt immerfort der Name: **F l e ck**.
Er war ein Man', das ſagen alle Kenner,
(Ich hab' i'n leider Gottes nich' geſeh'n!)
Drum halt' ihch mihch itzt an zwee andre Männer,
Die noch läbendig uf der Erde geh'n.

Der **Seidelman'**, das is' a' feiner Kunde,
's Gras hirt a' wachſen und de Flöge ſchrei'n;
Aus jedem Uſeluch lockt der de Hunde,
Wu ack ein Lurber ſprißt', er ſackt i'n ein.
A' zwingt's hauptſächlich ſihr mit dam Verſtande,
De Rezenſenten ſa'n: das is' a' Geiſt!
Kee' Wunder, daß ma' ſihch im deutſcheu Lande
Uem dieſen Man', dan Seidel=Man' zerreißt.

Der dritte Man', — ich wil i'n nich' vergeſſen,
In däm Geſetzel, was ich ſingen thu! —
Für ihn is' das wohlthätige Zweckeſſen,
Blus ſeinethalben kamen bir derzu:

Der Man' is' Beckman'; er war sihr dernieder,
Der Meester Gräfe hot i'n ufgebracht;
Er lebt, er is' gesund, er zeigt sich wieder,
Er spielt, daß Eenem 's Herz im Leibe lacht!

Er kummt mer vor als wie a' Faß mit Weine,
A su ein rechtes esem grußes Faß;
Ma' trinkt, ma' sitzt Tag=aus, Tag=ein derbeine,
Schöp't immerzu, — und 's kümmt halt immer 'was.
Wer durschtig is' trinkt haldig aus dam vullen,
Und lustig macht der gude, frische Wein; —
Ja, aus dam Faß kümmt immer 'was gequllen,
Dam Beckman' fällt halt immerzu 'was ein.

Und su natürlich is' a' bei se'm Spiele,
Und übertreiben t'utt a' niemals nich';
Wie er, bescheiden, sein i'r'r ooch nich' Viele!
Als praver Sohn derzeigt er immer sich.
Wuhin a' giht, do is' a' wohlgelitten,
Es fehlt i'm nischt; — zu viel hatt' a' ärndt 'was:
Der Herr Geheem'rath hot's i'm weggeschniten,
Nu' is' er ganz vullkummen, ohne das.

Ich trink' der'sch zu! Ich bin der alleräl'ste
Von Deinen Freunden, hie' am Tisch zengsrum;
Was wir mitsammen ha'n derläbt, behält'st de,
Wir wissen alle Beede schund worum?
Nu' stuß' ber ahn: es sohl sich Alles fügen
Zu seinem Glicke! Got' si't's selber ein:
Er macht su vielen Tausenden Vergnügen,
D'rum sohl' sein Leben ooch vergnüglich sein!

Noch ein Glück erblühte Beckmann in Berlin, das Glück der Liebe. Er lernte dort die ihrer Schönheit und geistigen Vorzüge wegen allgemein beliebte Schauspielerin Adele Muzzarelli kennen, welche bei uns Wienern schon von ihrem früheren Engagement im Kärnthnerthortheater und am Theater an der Wien her im besten Andenken stand, und vermälte sich mit ihr am 8. Mai 1839. Diese Ehe, die erst jetzt durch des Gatten Tod gelöst wurde, muß als eine sehr glückliche bezeichnet werden. Durch lange Jahre theilte Adele Beckmann den Künstlerruhm ihres Mannes, war seine treue Gefährtin in Freud und Leid, und ihrer sorgsamen Haushaltung hatte Beckmann auch die Erhaltung des nicht unbeträchtlichen Vermögens zu danken, welches sie gemeinsam durch ihr Talent und ihren Fleiß erworben hatten.

Erstes Auftreten in Wien.

Im Jahre 1841 wagte es Beckmann zum ersten Male, seine Urlaubszeit zu einem Gastspiele in Wien zu verwenden.

Wir gebrauchen den Ausdruck »er wagte« nur in Bezug auf die nur aus seiner Bescheidenheit stammende Furcht, welche damals Beckmann selbst empfand, als er den betreffenden Gastspielvertrag mit dem Director Carl unterzeichnete.

So ganz unbegründet war auch diese Furcht nicht! Er war ja selbst Zeuge gewesen, wie der in Wien als Volksdichter und Komiker sich der höchsten Beliebtheit erfreuende Ferdinand Raimund bei seinem bereits im Vorhergehenden angedeuteten Gastspiele in Berlin eigentlich nur einen succès d'éstime errang, den er überdieß mehr dem Namen, den er sich bereits in ganz Deutschland als Schriftsteller erworben hatte, als der durch seine Darstellung erzielten Wirkung zu verdanken hatte! Wie, wenn nun Reciprocität geübt würde, wenn die österreichische Hauptstadt dafür, daß ihr Liebling in dem Athen an der Spree nicht genug gewürdigt worden, nun den Liebling Berlins hier in Wien fallen ließ? Raimund war zwar nicht mehr, aber es standen nunmehr drei andere Sterne am Himmel der Wiener Volksbühne!

Carl — Nestroy — Scholz, jeder in seiner Weise eine Specialität, und um diese drei Fixsterne gruppirte und bewegte sich noch eine Schaar von Planeten, welch' letztere, wenn auch nicht mit ihrem eigenen Lichte, aber dennoch so hell leuchteten, daß es noch immer fraglich schien, ob ein Wandelstern, der wohl am nördlichen Himmel geglänzt hatte, auch hier im Süden, wo er in die Bahnen hellstrahlender Gestirne eintreten mußte, besonders beachtet werden würde.

Noch dazu fehlte ihm, dem Norddeutschen, der für den Volkskomiker fast unumgänglich nothwendige Jargon des Oesterreichers! Sollte er diesen sich erst anzueignen versuchen? Er sah nur zu gut ein, daß ihm dieß unmöglich sei, und daß er, wenn auch ein derartiger Versuch halbwegs gelänge, sich dennoch schon durch das Bestreben etwas zu leisten, wozu seine Kraft nicht vollkommen hinreichte, nur ein Bleigewicht an die Flügel des Humors hängen würde.

Besonders ängstlich machte ihn auch der Gedanke an den Rückschlag, den ein Mißerfolg seines Wiener Gastspieles auch auf seine Stellung in Berlin üben würde — kurz, es gab der Besorgnisse und Bedenklichkeiten genug, welche ihn bei seinem ersten Auftreten befangen machen konnten, und ein befangener Komiker gleicht einem Soldaten ohne Waffen!

Beckmann erzählte mir später selbst, daß das Lampenfieber, welches er zwar vor der Darstellung jeder neuen Rolle, und so oft er während seiner Gastspiele vor ein ihm noch fremdes Publicum treten sollte, empfand, ihn doch nie so geschüttelt habe, als während des ganzen Nachmittages, welcher dem großen Wagnisse vorausging; noch in der Garderobe zitterten seine Hände so sehr, daß er mit seiner Toilette nur schwer und mit Beihilfe eines Garderobiers zurechtkommen konnte.

Erst kurz vor dem Hinaustreten auf die Bühne erwachte in ihm ein gewisses Selbstbewußtsein: „Ei was!" rief er sich selbst zu, „denke jetzt nicht an den verschiedenen Geschmack der verschiedenen Publikümer, versuch's nicht, irgend welche Concessionen zu machen — gib dich, wie du bist und wie du immer warst, und nun — —" „Herr Beckmann!" rief ihm in diesem Augenblick der Inspicient zu.

„Mit Gott!" sprach dieser und — trat auf die Bühne hinaus.

Irrthümlich berichteten verschiedene Journale, daß Beckmann in Wien zum ersten Male im Theater an der Wien gastirt habe. Er trat zum ersten Male in dem alten kleinen Leopoldstädter Theater auf, welches Carl im Jahre 1838 käuflich an sich gebracht, und nur zur Nothdurft etwas restaurirt hatte, und welches er zugleich mit dem Theater an der Wien, dessen Pächter er war, dirigirte.

Daß Carl den Berliner Gast eben in dem damals immer nur stiefmütterlich behandelten Theater in der Leopoldstadt, und nicht gleich im Theater an der Wien auftreten ließ, beweist, daß er selbst sich keine großen Hoffnungen in Bezug auf den Erfolg dieses Gastspieles gemacht hatte. Er sah sich aber bald freudig eines Besseren belehrt, und schon in den nächsten Tagen trat Beckmann im Theater an der Wien auf.

Zu seinem ersten Auftreten im Leopoldstädter Theater hatte der Gast das von Albini nach dem Englischen bearbeitete Lustspiel: „Endlich hat er es doch gut gemacht" gewählt.

Diejenigen, welche jetzt in den Biographien des Verewigten erzählen, daß Beckmann's Darstellungsweise das Publicum im Anfange befremdet habe, können unmöglich seinem ersten Gastspiele selbst beigewohnt haben. Der Verfasser dieses Buches, welcher zu jener Zeit schon seit einigen Jahren als Bühnendichter am Theater an der Wien angestellt war, befand sich, als Beckmann zum ersten Male auftrat, im Parterre, und weiß sich noch lebhaft zu erinnern, daß sich gleich nach dem Erscheinen des Gastes, und nachdem derselbe nur wenige Worte gesprochen hatte, schon Stimmen im Publicum vernehmen ließen, welche überrascht ausriefen: „Ja, das ist einmal ein Komiker!"

Director Carl hatte nämlich schon in den früheren Jahren, namentlich während der Monate, welche die bei ihm engagirten Komiker Nestroy und Scholz zu ihren Urlaubsreisen benützten, verschiedene Komiker, sowohl vom Auslande als auch aus den österreichischen Provinzen zu Gastspielen kommen lassen, aber keinem von diesen, welchen doch meistens ein günstiger Ruf voranging, war es gelungen, die Gunst des freilich etwas verwöhnten Publicums zu erringen. Dieß gelang aber Beckmann schon in den ersten Scenen und wesentlich durch die Naturwahrheit seiner Darstellung, und auch durch den gemüthlichen Ton, welchen anzuschlagen gerade dem norddeutschen Komiker meistens so schwer fällt. Man mußte ihn nur sehen in der Rolle des »Herrn Mengler, pensionirten Fleischsteuercassenschreibers!« — Wie dieser Mengler Pränumeranten auf das Brockhaus'sche Conversationslexikon wirbt, wie er einen Compagnon zum Ankaufe eines Pfundes Chocolade sucht, die er sich dann ganz allein auszutrinken verpflichtet, wie er einen Liebhaber par force jagt, wie er im Garten bei Hauptmann Schlögel seinen Regenschirm vergißt, und sich dessen als Vertheidigungswaffe bedient, wie er gegen die Stockpöllerschüsse des Hauptmanns, welcher es auf Mengler's Hühneraugen abgesehen, Protest einlegt; wie er nun selbst von Mopsen und Spitzen gejagt wird und im kläglichsten Zustande seinen Einzug durch das Fenster hält; wie Herr Mengler im Schuldenbuche des Gastwirthes Schalkwitz unter andern Unglücklichen auch seinen Namen entdeckt; wie Mengler mit dem fremden »Krautschneider« Conversation hält und zuletzt die ganz richtige Bemerkung macht, es wäre besser, er hieße »Krautwurst«, dann gäbe er das Wort als Charade, und zwar das Kraut zum Auflösen, und die Wurst fräße er selbst; wie Herr Mengler Taucher wird, um nicht Schiller's goldenen Becher, sondern ein Packet Briefe aus der Tiefe zu holen, und mit lebenden Fischen in den Rocksäcken wieder zur Oberfläche der Erde zurückkehrt — u. s. w., u. s. w. Wer dieß Alles von Beckmann ausgeführt sehen konnte, ohne herzlichst und so recht aus voller Seele zu lachen, der wäre würdig, um eine Richteramtsstelle im Orcus, wenn eine solche eben erledigt würde, zu candidiren!

Der Erfolg des ersten Abends war ein enormer, das

Publicum war enthusiasmirt, und auch unter der gesammten Kritik Wiens erhob sich nicht ein Wort des Tadels oder der Bemänglung. An den nächsten Tagen war der Zudrang der Schaulustigen so ungeheuer, daß die Thore des Theaters schon um eine Stunde früher als gewöhnlich geöffnet werden mußten, damit sie nicht von der anstürmenden Menge einge=
drückt würden!

Beckmann trat hierauf noch in der »Reise auf gemein= schaftliche Kosten,« im »Vater der Debutantin,« als »Ecken= steher Nante« u. a. auf und behauptete sich siegreich auf der Höhe des Beifalls, welche er schon am ersten Abende im Sturme eingenommen hatte.

Die Wiener wußten es sich selbst kaum zu erklären, wo= durch es dem Ausländer Beckmann so schnell möglich gewor= den, von ihnen selbst in eine Reihe mit den bisher für unerreich= bar gehaltenen einheimischen Komikern Nestroy und Scholz rangirt zu werden, und doch lag der Grund so nahe, nämlich eben in seinem großen Natur= und Menschenforschungs=Ta= lente! Ja, Beckmann lauschte der Natur und dem Menschen ihre drolligsten Gebilde, ihre komischen Nuancen, ihre lauung= sten Gebrechen und Auswüchse ab und gab sie uns wieder un= verzerrt, unverschleiert, eher mit mildern, als mit grelleren Farben. Das zeichnete die Komik Beckmann's vor der so vieler Anderer aus, daß er niemals über die Schnur schlug, nie zur Caricatur wurde; seine Gebilde athmeten alle eine gewisse gutmüthige Laune, welche auf den Zuschauer so wohl= thätig einwirkte. Was Nestroy's Komik vor der Beckmann's an Genialität und Urkräftigkeit voraus hatte, was die Scholz's an Ruhe und Unwiderstehlichkeit, das hatte wieder die Komik Beckmann's an Wahrheit und Natürlichkeit vor den Beiden voraus. Nestroy malte die Natur al fresco, Scholz malte sich immer selbst, Beckmann malte seine komischen Gebilde nach lebenden Modellen mit der sprechendsten Treue. An die Nestroy'sche Komik mußte man sich gewöhnen, hatte man sich aber an sie gewöhnt und mit ihr verständigt, dann war sie die gewaltigste und siegreichste, die Komik Scholz's führte den alten Cäsar-Spruch: »Veni, vidi, vici!« Beckmann's Komik überwältigte und überrumpelte zwar nicht, aber man befreundete sich fast augenblicklich mit ihrer natürlichen und treuherzigen Weise, mit ihrer stets heiteren und lächelnden Physiognomie.

Director Carl müßte eben nicht Carl gewesen sein, wenn er nach solchen Erfolgen nicht sogleich erkannt hätte, daß Beckmann allein der Mann sei, welcher es hätte möglich machen können, daß beide unter Carl's Leitung stehende Bühnen einen verhältnißmäßig gleichen Gewinn getragen hätten. Bisher hatte, wie bereits erwähnt, das Leopoldstädter-Theater nur die Rolle einer Aschenbrödel gespielt und was für das Theater an der Wien nicht gut genug schien, wurde jenem zugewiesen, und, außer den wenigen Tagen, an welchen das Repertoire des Theaters an der Wien es gestattete, die ersten Komiker auf der Donauinsel zu verwenden, war es schwach besucht. Hätte aber Carl zu seinen Local-Komikern noch einen Komiker vom Range Beckmann's für seine Institute gewinnen können, so wäre es ihm leicht geworden, auch für dieses Theater ein eigenes Repertoire zu bilden, welches eine gleich mächtige Zugkraft wie das des Theaters an der Wien geübt hätte.

Er ließ daher nichts unversucht, um Beckmann zur

Unterschrift eines mehrere Jahre dauernden Contractes zu be=
wegen; er bot ihm günstigere Bedingungen an, als selbst jene
waren, unter welchen Nestroy und Scholz engagirt waren,
er überhäufte ihn mit Aufmerksamkeiten jeder Art und war
unerschöpflich an glänzenden Versprechungen — ja als er einst
Beckmann zu einem Diner geladen hatte, welches auf seiner
Villa zu Hietzing eingenommen und bei welchem mit dem
Champagner nicht gespart wurde, führte er nach demselben
seinen werthen Gast auf den Balcon und wies auf die reizen=
den, durchaus herrschaftlich eingerichteten Landhäuser hin,
welche am Fuße der Anhöhe, auf welcher Carl's Landsitz in=
mitten eines Parkes stand, eine ganze Gasse bildeten, die vom
Volke, weil man annahm, daß Carl die meisten dieser Häuser
von den reichen Erträgnissen, welche die wohl über hundert
Male gegebene Nestroy'sche Posse: »Der böse Geist Lum=
pazivagabundus« geliefert hatte, erbaut worden seien, das
»Lumpazi=Dörfel« genannt wurde, und sprach: »Wählen Sie
sich eines dieser Häuser, welches Ihrem Geschmacke am mei=
sten zusagt, es soll Ihr Eigenthum sein von dem Augenblicke
an, in welchem Sie unsern gegenseitigen Vertrag unterzeichnet
haben werden.«

Mochte nun Beckmann in übertriebener Bescheidenheit
es doch für gefährlich halten, gemeinsam mit Nestroy und
Scholz zu wirken, und in Wien in österreichischen Volks=
stücken Rollen zu spielen, oder hielt ihn der nicht sehr gute
Ruf, in welchem Carl's Redlichkeit stand, ab, mit diesem
Manne, welcher jetzt freilich sich so freigebig und liebenswür=
dig zeigte, der aber, wenn er seinen Gast erst fest gebunden
hätte, vielleicht diese Maske fallen lassen, und als Despot er=

scheinen würde, ein dauerndes Bündniß einzugehen, genug, er widerstand auch dieser Versuchung, und Carl konnte nichts erreichen, als das Versprechen Beckmann's, im nächsten Jahre wieder auf ein Gastspiel nach Wien zu kommen.

Während Beckmann's Aufenthalt in Wien hatte sich — wahrscheinlich in Folge irgend eines Mißverständnisses — in Berlin das Gerücht verbreitet, der beliebte Komiker sei in Wien gestorben. Sein persönliches Wiedererscheinen war das angenehmste Dementi, und mit Jubel begrüßte das Publicum des Königstädter-Theaters den mit reichen Lorbeern heimgekehrten Künstler, welcher zu seinem ersten Auftritte nach seiner Urlaubsreise die Nestroy'sche Posse: »Einen Jux will er sich machen« gewählt hatte, und auf das oben erwähnte Gerücht in der folgenden improvisirten Couplet-Strophe anspielte:

»Man hat in den Blättern für todt mich erklärt,
Doch daß ich's nicht bin, hat sich heute bewährt.
Ich lebe noch rüstig für Sie und die Kunst,
An der Theilnahme seh' ich's, im Besitz' Ihrer Gunst!

Und wär' ich auch gestorben, ich müßt' Sie noch seh'n,
Ich könnt' als Ihr Schuldner nicht von der Welt geh'n.
Denn erlauben's, ich kenn' meine Pflicht —
Ohne Dank scheiden, schicket sich nicht!

Sein dem Director Carl gegebenes Wort hielt Beckmann redlich, und kam im Jahre 1842 wieder nach Wien, um im Theater an der Wien Gastrollen zu geben. Er wurde nunmehr als bereits alter Bekannter der Wiener von denselben auf das freudigste begrüßt, und erntete bei jedem Auftreten stürmischen Beifall, mit Ausnahme einer einzigen Rolle, in welcher ihm dieß nicht so recht gelang. Es war dieß die Rolle des Schusters Knieriem in Nestroy's »Lumpacivagabundus«, in welcher vor Beckmann der Verfasser des Stückes bereits über hundert Male aufgetreten war. Es ist nicht zu leugnen, daß Beckmann auch diese Rolle mit höchster Naturwahrheit und mit vielem Humor durchführte, aber Nestroy hatte nun einmal die Macht des ersten Eindruckes für sich, das Publicum war durch Letzteren gewöhnt worden, den Knieriem nicht mehr als eine nach dem Leben gezeichnete Figur, sondern als eine Hogarth'sche Caricatur zu sehen, und deshalb schien Beckmann, indem er das rechte Maß einhielt, zu wenig zu leisten.

Beckmann's Bescheidenheit und seine Anerkennung der Bedeutsamkeit Nestroy's gab sich aber gerade in diesem Stücke durch den Vortrag einiger Coupletstrophen des Kometenliedes, deren zweiter Theil von Beckmann selbst neu verfaßt war, kund. So sang er unter andern folgende zwei Strophen:

Mit den Himmelszeichen steht's jetzt schlecht,
Der Schütz' trifft halt den Löwen niemals recht,
Der Wassermann in so viel tausend Jahr'
Verkauft die Fische gar nie, das ist wahr,
Und mit der Jungfrau — da ist's so 'ne Sach' —
Es rennen ihr zu stark die Zwilling nach!
Aber wenn auch dort oben schon Alles kracht,
Herunten ist was, was mir Hoffnung macht.
In Prag bin ich g'wesen, ich wußt' nicht, wohin?
Da sagt mir der Nestroy: Freund! geh' nach Wien!

Dort kriegst eine Arbeit, mein Leder find'st dort,
Meine Kunden sind gut, das glaub' mir auf mein Wort.
Courage, Freund! hab' nur kein' Bang',
Die Nachsicht der Wiener währt lang!

Letzthin hör' ich, daß die Sonnenfinsterniß
Nur durch ein gutes Glas zu sehen ist,
D'rum nahm vorher zwölf Gläser ich zu mir,
Gut waren's, denn sie war'n voll g'mischtem Bier.
Doch von der Finsterniß — ich muß gestehen,
Hab' ich vor lauter Nebel nichts geseh'n.
Doch lassen wir das, was jetzt droben passirt,
Auch hierunten manch' Sonderbar's jetzt arrivirt.
Da in Wien in der Werkstatt der Meister thut fehl'n,
So hab' ich's gewagt, an sein' Platz mich zu stell'n.
Ich wollt' Ihnen zeigen, wie nach ein' Modell
Aus Wien arbeitet ein **preuß'scher Gesell**;
's war g'wagt, d'rum war mir angst und bang —
Dem Meister zu gleichen — dazu brauch' ich noch lang'!

Es läßt sich mit einiger Wahrscheinlichkeit annehmen, daß eben dieser schwächere Erfolg, welchen Beckmann in einer Wiener Posse, in welcher er doch in Berlin Furore erregt hatte, hier in Wien selbst erzielte, ihn abhielt, im nächsten Jahre wieder zu kommen.

Uebrigens fühlte er sich aber unter der Direction des immer launenhafter, eigensinniger und despotischer werdenden Commissionsrathes Cerf auch in Berlin nicht mehr recht behaglich und bedauerte einen Contract geschlossen zu haben, der ihn noch auf lange Jahre an das Königstädter=Theater band.

Daß er diesen Contract noch vor seinem Ablaufe eigen=
mächtig löste, hatte aber seinen Grund nicht so sehr in dieser
Verstimmung, sondern in einem Extempore, welches er sich
anläßlich des von Tschech auf das Leben des Königs versuch=
ten Attentates erlaubte. So loyal an sich dieses Extempore
auch war, so wurde es allerhöchsten Ortes doch sehr übel als
ein »Scherz zur Unzeit« aufgenommen. Beckmann fürchtete
deshalb zur Verantwortung gezogen zu werden und fand es
für rathsam, Berlin schnell möglichst zu verlassen. — Er
brachte einige Zeit mit seiner Frau auf Gastspielen in Pest,
Agram, Triest und andern Städten zu, und kam im Jahre
1845 wieder nach Wien, um aber dießmal auf dem unter der
Leitung Franz Pokorny's stehenden Theater in der Jo=
sefstadt vorläufig nur als Gast aufzutreten.

Dieses Gastspiel war die erste Veranlassung zu dem
wichtigsten Wendepuncte im Leben Beckmann's.

Beckmann unter der Direction Pokorny's.

Franz Pokorny, dessen Herzensgüte es, wie wir spä=
ter sehen werden, Beckmann wesentlich zu danken hatte,
daß er das Ziel seiner sehnlichsten Wünsche so schnell erreichte,
war ein so eigenthümlicher, mitunter so komischer Charakter,
daß wir uns wohl erlauben dürfen, bei seiner Schilderung et=
was länger zu verweilen.

Er war in einem böhmischen Dorfe als der Sohn sehr
armer Eltern geboren, und erhielt in seiner Jugend gerade
so viel Schulbildung, um später selbst Schulgehilfe in einer

böhmischen Dorfschule werden zu können. Daß er aber sich zugleich auf Musik verlegte, versteht sich bei einem echten Böhmen beinahe von selbst. — Er hatte, noch als ganz junger Mann, ein Liebchen in seinem Dorfe, welches er eines Abends mit seinem Besuche überraschen wollte, aber selbst sehr unangenehm überrascht wurde, indem er bei ihr einen jungen geistlichen Herrn, den Caplan eines Nachbardörfchens, traf. In blinder Eifersucht, ohne erst zu fragen, ob dieser Besuch nicht vielleicht in der honettesten Absicht abgestattet war, packte er seinen Nebenbuhler, denn für diesen hielt er den Caplan, lupfte ihn und warf ihn zur Thür hinaus. Die Furcht, daß der geistliche Herr sich für diese durch einen Schulgehilfen erlangte so schnelle Beförderung — an die Atmosphäre auf empfindliche Weise revanchiren dürfte, bestimmte den böhmischen Othello noch in derselben Nacht, seine treue Clarinette in der Tasche, aus seinem Heimatsorte zu entfliehen. Um sein tägliches Brod zu erwerben, sah er sich während seiner Flucht genöthigt, bald hier, bald dort, theils allein, theils im Vereine mit andern wandernden Musikanten in Dorfschenken zum Tanz aufzuspielen, und kam nach vielen Kreuz- und Querzügen endlich nach Wien, wo er anfänglich jenen kleinen Capellen angehörte, welche von Wirthen und Ballunternehmern in dem Gasthause am Josefstädterglacis »zur Stadt Belgrad«, scherzweise die »Musikantenbörse« genannt, für gewisse Abende gedungen wurden; später erst gelang es ihm, als Clarinettist im Orchester des Josefstädter Theaters engagirt zu werden. Hier erst lernte er das Theaterleben kennen, erwarb sich auch gründlichere musikalische Kenntnisse, und erhielt mehre Jahrere darauf die Stelle eines »Thurnermeisters«

iu Preßburg. »Thurnermeister,« richtiger hätte es heißen sollen: »Thurmmeister,« wurden damals die von der Stadt angestellten Musikdirectoren genannt, welche nicht nur verpflichtet waren, ein anständiges Orchester für kirchliche und andere Festlichkeiten zu bilden und zu leiten, sondern auch dafür zu sorgen, daß einige ihrer Untergebenen (Thurnergesellen) mit einander abwechselnd die Nächte auf dem Kirchenthurme zubrachten, um ein etwa ausbrechendes Feuer zu signalisiren und nach Ablauf jeder Stunde ihre Trompete ertönen zu lassen.

Der jeweilige Thurnermeister in Preßburg war zugleich Capellmeister des dortigen Theaters. Pokorny machte sich bei den Magistratspersonen der königlichen Freistadt so beliebt, daß man ihm, nachdem der Vertrag des bisherigen Directors abgelaufen war, die Leitung der Bühne selbst übertrug, worauf er die Thurnermeisterstelle an seinen jüngern Bruder abtrat. Bald darauf übernahm er gleichzeitig die Direction des Oedenburger und des Badner Theaters, und pachtete im Jahre 1837 auch das Theater in der Josefstadt in Wien.

Er war somit zugleich Director von vier ziemlich entfernt von einander liegenden Bühnen, und leitete sie alle mit ebenso viel Geschick als Glück. — Man konnte zwar nicht behaupten, daß er selbst alle Fähigkeiten besaß, welche zur Bühnenleitung unumgänglich nothwendig sind, aber er wußte sich die rechten Leute zu wählen, welche, an der Spitze der einzelnen Branchen stehend, ziemlich unbeschränkte Vollmacht hatten. Dabei lauschte er sorgsam auf die Stimme des Publicums und war zugänglich für jeden guten Rath.

Gegen seine Mitglieder hatte er stets ein liebvolles Benehmen, und sorgte wahrhaft väterlich für viele derselben.

Franz Pokorny war auch der erste Director, welcher für die Bühnendichter die Tantièmen einführte. Erst mehrere Jahre nach ihm setzte der damalige Director des Burgtheaters, Regierungsrath von Holbein, es durch, daß auch am Hoftheater den Dichtern Tantièmen bewilligt wurden. Die Leutseligkeit Pokorny's und sein redliches Streben, dem Publicum nach seinen Kräften das Beste zu bieten, erwarben ihm eine allgemeine Beliebtheit und auch die Gunst des allerhöchsten Hofes, dessen Familienglieder das entlegene Theater in der Josefstadt wohl nie so häufig mit ihrem Besuche beehrten, als eben während der Zeit, in welcher dasselbe unter Pokorny's Leitung stand.

Mochte dieser aber sich auch nach und nach Alles aneignen, was ihn zum Director eines Residenztheaters qualificiren sollte, die deutsche Sprache lernte er nie vollkommen und dieß war hauptsächlich die Ursache, warum manche seiner Aeußerungen so komisch klangen Nachdem wir seinen Vorzügen die verdiente Würdigung ertheilt haben, fürchten wir nicht gegen die schuldige Pietät zu verstoßen, wenn wir auch einige Momente erzählen, in welchen Pokorny es seiner Umgebung wahrhaft schwer machte, das laute Gelächter zu unterdrücken.

So dictirte er z. B. einmal in Preßburg, wo sich außer dem Stadttheater auch eine Arena befand, seinem Secretär folgende Anordnung für den nächsten Tag: »Morgen um 10 Uhr ist Prob' in Arena — wenn aber um zehn Uhr regnet, ist um neun Uhr Prob' im Stadttheater.«

Der Regisseur des Josefstädtertheaters, Herr Just, hatte sich erlaubt, eigenmächtig etwas gegen den Willen des Directors zu verfügen. Hierüber erzürnt, fuhr ihn Pokorny an: »Glauben's vielleicht Sie sein's Director? — wann Sie das glauben, sein's Esel!«

Der Inspizient des Theaters hatte sich wiederholt Nachlässigkeiten zu Schulden kommen lassen endlich wurde es dem Director doch zu arg, er sprach deshalb: »Sie können's gehn auf Ersten — kann ich nicht brauchen solche Inspizmient!«

Vergebens bat der mit der Entlassung Bedrohte um Gnade. — Pokorny schien dießmal unbeweglich. Endlich begann der Inspizient wieder: »Aber, Herr Director! ich habe von Ihnen einen Vorschuß erhalten, den ich ratenweise von meiner Gage abzahlen soll, — wenn ich nun entlassen werde, so kann ich nicht zahlen!« — »So? — können's nicht zahlen?« frug Pokorny, — und nach einer kurzen Pause fügte er mitleidig und unwillig zugleich hinzu: »Na — so bleiben's!«

Ein Schauspieler benahm sich bei einer Probe unanständig; Pokorny bedeutete ihm: »Sie kommen's morgen auf Kanzlei zu mir, muß ich schriftlich mit Ihnen reden!« Pokorny wußte, daß Director Carl, dem er auf gefährliche Weise Concurrenz machte, ihm dafür wieder manchen Possen zu spielen bemüht war und haßte ihn deshalb, ja wenn ihm selbst ein Unternehmen so recht gelang, machte ihm hauptsächlich der Gedanke Freude, daß Carl sich darüber ärgern werde: »Wird sich Carl giften!« war daher seine stereotype Redensart nach jedem Erfolge, den er auf seiner Bühne erzielt hatte.

Als das von mir verfaßte Charakterbild: »Sie ist verheiratet« bei der ersten Aufführung so ungemein beifällig aufgenommen worden war, kam ich nach der Vorstellung auf die Bühne. Pokorny umarmte und küßte mich, wischte sich die

Freudenthränen aus den Augen,‟ sprach aber mitten in seiner Rührung zuerst die Worte: „Wird sich Carl giften!"

Tags darauf besuchte ich ihn und ging dann mit ihm von seiner Wohnung nach dem im rückwärtigen Tracte des Gebäudes befindlichen Probesaale. Während wir durch den schwach beleuchteten Corridor gingen, drückte er mir mit den Worten: „Machen's Ihnen heut' vergnügte Tag" ein Papier in die Hand — es war eine Hundertgulden=Banknote. Dieser Act von Generosität (denn das war es in Anbetracht dessen, daß ich als bei ihm angestellter Bühnendichter ohnehin eine ziemlich hohe Gage, noch außerdem sechs Prozente von jeder und die Hälfte der Einnahme jeder zwanzigsten Vorstellung bezog) kam auf meine eigene Veranlassung zur Veröffentlichung. Als Pokorny die betreffende Zeitungsnotiz las, schien es ihm zuerst unangenehm; als ich ihm aber sagte, daß sie nur die Folge meiner eigenen Mittheilung sei, antwortete er: »Na — haben's Recht! wird sich Carl giften!«

Als Pokorny's Frau gestorben war, wurden die Partezettel, wie üblich, an sämmtliche Theater Wiens gesandt. Das Leichenbegängniß fand daher unter einer sehr zahlreichen Betheiligung von Künstlern und Künstlerinnen statt, auch Director Carl war Weltmann genug, um bei diesem Anlasse alle Feindseligkeiten zu vergessen, und schloß sich dem Trauerzuge an. Als Pokorny nach Beendigung der Ceremonie wieder nach Hause kam, äußerte er sich: »War sehr schöne Leich' — nur verdammte Carl hat mir ganze Freud' verdorben!«

Einst fühlte er sich durch eine Kritik in Bäuerle's Theaterzeitung sehr verletzt, und beauftragte in der ersten Aufwal=

lung seinen Secretär, Herrn Kuppelwieser, an den benannten Redacteur einen sehr derben Brief zu schreiben. Kuppelwieser gehorchte pünctlich. Nun kam aber Bäuerle selbst, um die Angelegenheit wieder gütlich auszugleichen, beschwerte sich aber doch über die in dem Briefe enthaltenen, nichts weniger als höflichen Ausdrücke. Pokorny machte nun seinem Secretär hierüber die heftigsten Vorwürfe; dieser nahm sie, so lange Bäuerle gegenwärtig war, stillschweigend hin, nachdem sich derselbe aber empfohlen hatte, wagte er doch die Entgegnung, daß er ja nur nach dem Auftrage des Herrn Directors gehandelt habe. Aber Pokorny erwiederte: »Zu was hab' ich Ihnen als Secretär, wenn Sie nicht gescheiter sein, als ich?!«

Auf Anempfehlung des Hofschauspielers Löwe hatte Pokorny eine Schauspielerin engagirt, welche er aber durch mehrere Monate gar nicht beschäftigte, so daß ihr Name und ihre Physiognomie ganz aus seinem Gedächtnisse entschwunden waren, als sie ihn endlich besuchte. »Mit wem hab' ich Vergnügen?« sprach er die Dame an.

»Ich bin die Schauspielerin — —«

Er wähnte nun, es sei eine neue Bewerberin um ein Engagement und fiel ihr sogleich in die Rede: »O! bedaure — bin schon versehen genug, kann ich nicht neue engagiren!«

»Aber ich bin ja bei Ihnen engagirt,« berichtigte die Schauspielerin, »aber weil ich gar nicht zum Auftreten komme, so bitte ich Sie, mich meiner Vertragsverpflichtung zu entbinden!«

»Bedauere!« antwortete Pokorny darauf, »kann ich Ihnen nicht entbinden, brauch' ich Sie zu nothwendig!«

So lange Pokorny in Wien nur das Josephstädter Theater dirigirte, konnte selbstverständlich auch nur von einem Gastspiele und nicht von einem Engagement Beckmann's die Rede sein, weil letzteres zu kostspielig gewesen wäre, um es von den Erträgnissen des kleinen Theaters bestreiten zu können. Beckmann und seine Frau gastirten, und zwar aus Rücksichten für diese meist in nach dem Französischen bearbeiteten Vaudevilles und Lustspielen, wie »die schöne Müllerin,« »Chonchon,« »Capitän Charlotte,« »die Reise nach Spanien,« zwischen welche wohl auch manchmal ein originaldeutsches Stück eingeschoben wurde.

Als aber Pokorny in demselben Jahre das Theater an der Wien käuflich an sich brachte, wurde ein auf viele Jahre hinausreichender Vertrag mit Beckmann vereinbart.

Dieser trat zum ersten Male als engagirtes Mitglied in dem bereits erwähnten Charakterbilde: »Sie ist verheiratet« im Theater an der Wien auf, und hauptsächlich dem Aufwande von Komik, welchen er in der Hauptrolle entwickelte, hatte auch das Stück seinen glänzenden Erfolg zu verdanken

Es wurde in ununterbrochener Reihenfolge achtundvierzig Male bei stets ausverkauften Häusern gegeben, die Mitglieder des Allerhöchsten Hofes, und namentlich der Vater Sr. Majestät des jetzt regierenden Kaisers, Se. kais. Hoheit Erzherzog Franz Carl, verherrlichten sehr oft die Vorstellungen durch ihre Anwesenheit.

Wir wollen zwar die in mehreren hiesigen Journalen enthaltene Angabe, daß der gegenwärtige Director des Burgtheaters, Herr Director Laube, schon zu jener Zeit dem Intendanten der Hofbühne den Rath gegeben habe, Beckmann für das Hofburgtheater zu gewinnen, durchaus nicht in Zweifel ziehen, aber daß Laube dieses Engagement wirklich erwirkt habe, ist jedenfalls unrichtig.

Ich selbst wurde im Jahre 1845 mit Herrn Doctor Laube während seines nur sehr kurzen Aufenthaltes bekannt, und war auch bereits mit Beckmann so befreundet, daß er mich von all' den Schritten in Kenntniß setzte, welche er noch lange nach erfolgter Abreise Laube's machen mußte, um seinen heißesten Wunsch, in den Verband des Hofburgtheaters aufgenommen zu werden, in Erfüllung zu bringen. Gar so leicht ging das nicht, und wesentlich nur der Gunst, mit welcher Se. k. Hoheit Erzherzog Franz Carl den Künstler auszeichnete, und dessen gegen den Oberstkämmerer Grafen Dietrichstein ausgesprochenem Wunsche, Beckmann im Burgtheater zu sehen, hatte Letzterer die endliche Erreichung seines Zieles zu danken. Freilich hätte ihn Pokorny noch immer an derselben verhindern können, wenn er energisch auf Einhaltung des vollkommen rechtskräftigen Vertrages bestanden wäre, aber einerseits war dieser zu gut, um irgend Jemandem in seinem Glücke hinderlich sein zu wollen, und anderseits war das Gefühl der unterwürfigsten Verehrung der gesammten Herrscherfamilie und insbesondere Sr. k. Hoheit des Erzherzogs Franz Carl, dem ja er auch, als seinem gnädigsten Gönner, zu dem tiefsten Danke verpflichtet war, zu mächtig in ihm, als daß es mehr als einer, wenn auch nur durch eine dritte Person gegebenen Andeutung, daß er durch ein Opfer — denn dieß war für ihn gewiß die Entlassung Beckmann's — sich dem hohen Herrn gefällig zeigen könne, bedurft hätte, um, auf seinen eigenen Vortheil verzichtend, der Bitte Beckmann's zu willfahren.

Ganz anders hatte freilich einst unter ähnlichen Verhältnissen Director Carl gehandelt. Kaiser Franz hatte einmal einer Vorstellung im Theater an der Wien beigewohnt, als Scholz eben eine seiner brillantesten Rollen spielte. Beim Fortgehen äußerte der Kaiser zu seiner Umgebung: »Warum nimmt man denn den (Scholz) nicht in's Burgtheater?« Diese allerhöchste Aeußerung hatte genügt, um den damaligen Oberstkämmerer Grafen Czernin zu bestimmen, alsogleich Alles aufzubieten, um den Wunsch Sr. Majestät möglichst schnell in Erfüllung zu bringen.

Aber Carl schlug nicht nur dem Komiker Scholz, der ihm vorstellte, daß nur durch ein Engagement im Hoftheater seine Existenz für die ganze Zukunft gesichert wäre, die Bitte rund ab, sondern gab, als der Oberstkämmerer selbst um die Ueberlassung dieses Komikers ersuchte, die schriftliche Erklärung, daß der Bestand seines Institutes wesentlich von den an demselben angestellten Kräften ersten Ranges abhänge, und da nun Scholz zu diesen gehöre, so bedaure er lebhaft, außer Stande zu sein, den Wünschen Sr. Exzellenz entsprechen zu können! —

Hätte Pokorny auf ähnliche Weise geantwortet, hätte er sich Beckmann um jeden Preis zu erhalten gesucht; so wäre auch sein Theater blühender fortbestanden, als dieß bei der verschwenderischen Vorliebe, mit welcher er die Oper cultivirte, der Fall war.

Es dauerte übrigens beinahe ein volles Jahr, bis die

Intendanz des Hofburgtheaters die Engagementsunterhandlungen mit Beckmann zum völligen Abschlusse brachte.

Mittlerweile erfüllte dieser mit redlichem Eifer seine Verpflichtungen im Theater an der Wien, ja er bedauerte es, daß er in Folge des Uebergewichtes, welches die Oper gewann, nicht häufigere Beschäftigung fand, und daß die Stücke, in welchen er auftrat, gewissermaßen nur als Lückenbüßer behandelt wurden.

Er äußerte einmal gegen Pokorny den Wunsch, das Repertoire mehr geregelt zu sehen, doch dieser erwiderte: "Na, wann ist Marra (seine damalige erste Sängerin) gesund, ist Oper; wann ist Marra krank, ist Beckmann — da haben's Repertoire!" —

Er trat noch in einem Stücke auf, welches ich, kaum von einer langen und lebensgefährlichen Krankheit genesen, verfaßt hatte; es hieß: "Der Sohn der Haide" und wurde während des Abonnements, welches Pokorny für die Gastvorstellungen der damals ganz Wien enthusiasmirenden Sängerin Jenny Lied zu enormen Preisen eröffnet hatte, an einem heißen Juniabend des Jahres 1846 aufgeführt. Dieses Stück hatte trotzdem, daß Beckmann's Leistung nichts zu wünschen übrig ließ, nicht den erwünschten Erfolg. Es ließen sich zwar keine Zeichen des Mißfallens, aber auch nur spärliche des Beifalles vernehmen, kurz, die Aufnahme war im Gegensatze zu der in dem überfüllten Hause herrschenden fast unerträglichen Hitze sehr kühl. — Die erste Vorstellung hatte am Vorabende des Tages stattgefunden, an welchem das Standbild des Kaisers Franz I. auf dem inneren Burgplatze enthüllt wurde.

Während diese Feierlichkeit stattfand, besuchte mich Beckmann und traf mich, begreiflicher Weise, sehr verstimmt. »Nun,« sprach er, »das ist doch schön von unser Regierung, gestern ist Kaiser gefallen, und heute schon richten Sie den Kaiser auf!«

Schon nach wenigen Tagen wurden die Vorstellungen eines Stückes durch ein Gastspiel der Jenny Lind unterbrochen. »Siehst du,« sprach Beckmann zu mir, »Pokorny sucht deine Schmerzen zu lindern!« —

Um die Scharte auszuwetzen, beschloß ich sogleich wieder ein neues Stück zu beginnen und bezog, um ganz ungestört zu sein, und zugleich dem Rathe der Aerzte, welche mir den Landaufenthalt zu meiner völligen Herstellung empfahlen, zu folgen, ein kleines Häuschen in dem eine halbe Stunde von der Brühl entfernten Gebirgsdorfe Weißenbach. »Dort,« sagte ich zu Beckmann,» will ich ganz allein sein, und mich nur der Arbeit widmen.« — Am ersten Tage aber, welchen ich in meiner Landeinsamkeit zubrachte, kam Beckmann in Begleitung von zehn andern Freunden zu mir. »Wir kommen —« sprach er, »nur um zu sehen, wie du dich ausnimmst, wenn du ganz allein bist!«

Ich verdanke Beckmann sehr viele gute Scherze, aber auch einen tüchtigen »Aufsitzer«. — Es war nämlich zur selben Zeit, als die Hofmodistin Frau Geiger, die Mutter des damals als Clavirvirtuosin, Compositeurin und dramatische Dilettantin oft genannten Fräuleins Constanze Geiger, im Hofoperntheater eine Akademie zu wohlthätigen Zwecken veranstaltete.

Beckmann und seine Frau hatten ihre Mitwirkung bereitwillig zugesagt, und ich wurde von Frau Geiger angegangen, für jene Beide eine komische Scene mit Gesang zu verfassen. Ich hatte dieß versprochen, war aber noch um einen geeigneten Stoff zu einer solchen Scene verlegen. Da erwähnte Beckmann, er habe einmal ein Genrebildchen aus der Zeit des französischen Krieges gesehen, welches einen preußischen Landwehrmann darstellte, der sich vergeblich bemühte, sich mit einer französischen Bäuerin, bei welcher er einquartirt wurde, zu verständigen. »Wie wär's,« sprach Beckmann, wenn du diesen Vorwurf benütztest?«

Ich ergriff diese Idee, Beckmann lieferte einige Scherze, die er in dem Dialog eingeflochten wünschte, und so entstand das kleine Stückchen: »Der preußische Landwehrmann,« welches, zuerst anläßlich der erwähnten Wohlthätigkeits-Akademie im Hofopernthheater aufgeführt, einen durchgreifenden Erfolg hatte, dann aber auch in den Theatern an der Wien, in der Josefstadt und in der Leopoldstadt unzählige Male zur Darstellung gelangte und von dem Beckmann'schen Ehepaare auch zu ihren Gastspielen auf Provinzbühnen häufig benützt wurde.

Nun hatte es aber mit dem Genrebildchen, welches einmal gesehen zu haben Beckmann mir erzählt hatte, eine ganz eigene Bewandtniß. Allerdings hatte er es gesehen, aber nicht, wie ich glaubte, gemalt, sondern auf der Berliner Bühne aufgeführt!

Der Berliner Komiker und nachmalige Hofrath Louis Schneider hatte nämlich mehrere derartige Bluetten, aber ausschließend nur für seine eigene Darstellung verfaßt, dieselben deshalb nur an jenen Bühnen zur Aufführung gebracht, auf welchen er selbst spielte, und sich auch ausdrücklich dagegen verwahrt, daß sie von andern Darstellern benützt würden. Unter diesen Bluetten, welche mir, da ich nie in Berlin war, und selbe auch nicht im Drucke erschienen, vollkommen unbekannt waren, befand sich auch eine, betitelt: »Der Kurmärker und die Picarde« und das Sujet dieses Stückchens, welches er in Berlin wiederholt gesehen, hatte mir Beckmann zur Bearbeitung empfohlen. — Es ist begreiflich, daß nun, als der »preußische Landwehrmann« seine Runde über die deutschen Bühnen machte, Herr Hofrath Schneider einen gewaltigen Lärm über diesen Eingriff in seine Rechte machte, und mir blieb nichts Anderes übrig, als in den Zeitungen wahrheitsgetreu zu veröffentlichen, wie ich selbst von Beckmann in der erzählten Weise mystificirt worden sei.

Beckmann, welcher meinen Angaben nicht widersprechen konnte, spielte zwar anfänglich den Verletzten, sah aber doch bald ein, daß ich eben nicht anders habe handeln können, und das gute Einvernehmen war zwischen uns bald wieder hergestellt.

Beckmann im k. k. Hofburgtheater.

Am 15. September 1846 brachte endlich der Theaterzettel des Hofburgtheaters folgende Anzeige: »Kunst und Natur,« Lustspiel von Albini. Herr Beckmann wird die Ehre haben, als neuengagirtes Mitglied in der Rolle des Agamemnon Pünktlich aufzutreten.

Der Erfolg dieses seines ersten Debüts war ein immenser! Vielleicht noch nie, seit das Burgtheater bestand, war in diesen Räumen so herzlich gelacht worden, auch die der Vorstellung beiwohnenden Mitglieder des Allerhöchsten Hofes gaben dem Gefühle wahrhafter innerer Erheiterung lauten Ausdruck, der Oberstkämmerer und Intendant der Hofbühnen, Graf Moriz Dietrichstein, welcher am meisten vor dem Versuche, einen Vorstadt=Komiker auf dem Burgtheater auftreten zu lassen, gebangt hatte, eilte nach der Vorstellung auf die Bühne, umarmte und küßte Beckmann im Beisein aller Mitglieder der Bühne; mit einem Worte: der Sieg war ein entschiedener und Beckmann hatte sich durch sein erstes Debut schon seine feste Stellung im Hofburgtheater für immer gesichert.

Seine zweite Antrittsrolle war der Graf Schelle. Weiterer Debuts bedurfte er nicht mehr, er war von seinem ersten Auftreten angefangen bereits der Liebling des Hofes und des Publicums und blieb dieser bis an sein Lebensende.

Das diesem Buche am Schlusse beigefügte, der »Wiener Zeitung« entnommene Verzeichniß der von ihm am Hofburgtheater gespielten Rollen beweist am meisten seine vielseitige Verwendbarkeit und seinen unermüdlichen Fleiß.

Die erstaunliche Schlagfertigkeit, welche er sich schon während seiner früher zurückgelegten künstlerischen Laufbahn eigen gemacht hatte, wandte er nun auch bei seinen Leistungen im Hofburgtheater an; ja er wurde, wie er mir selbst erzählte, sehr oft von der Direction selbst aufgefordert, namentlich in Rollen, welche an sich dem Komiker nicht genügende Gelegenheiten boten, besonders hervorzutreten, etwas »aus Eigenem« beizusteuern. Nicht immer mochten zwar die Verfasser der betreffenden Stücke mit derartigen Improvisationen, welche öfter auch geeignet waren, die Illusion der Zuschauer zu stören, einverstanden sein, ihm aber war das Extempo=

riren einmal zur zweiten Natur geworden, er wußte, daß er, wenn er auch im Unrechte war, doch die Lacher auf seiner Seite hatte, und so — blieb es denn beim Alten!

Sehr häufig genügte ihm der Name eines zugleich mit ihm beschäftigten Schauspielers, um ein Extempore loslassen zu können. Unter die gelungensten dieser Art gehört das, welches er als »Vater der Debütantin«, zu dem den unerbittlichen Verfolger der Debutantin darstellenden Schauspieler Namens Landvogt gewendet, anbrachte: »O unsterblicher Schiller! Du hast Recht! Der See kann sich — der Landvogt nicht erbarmen!« Sein zur Schauspielerin Fräulein Kratz gesprochenes »Engel! kratz ab!« ist sprichwörtlich geworden. — Ebenso mußte der Name des Schauspielers Baumeister sehr oft zu Impromptu's herhalten!

Sein Witz, seine Unterhaltungsgabe, seine Virtuosität in der Darstellung drolliger Einzelfiguren machte ihn auch in Privatzirkeln beliebt und gesucht, so wie diese Begabungen ihn auch vorzüglich geeignet machten, bei den Familien-Unterhaltungen des Allerhöchsten Hofes mitwirken zu dürfen.

Nichts konnte ihn aber auch mehr erfreuen, durch nichts fühlte er sich mehr geehrt, als wenn er bei solchen Anlässen nach Hof befohlen wurde. Das ursprünglich festgestellte Programm wurde dann meistens während der Soirée weit überschritten, denn die höchsten Herrschaften verlangten immer wieder neue Productionen des beliebten Komikers, welcher sich auch selbst in diesen Kreisen mehr gestatten durfte, als irgend ein anderer Künstler. Einmal hatte er in einem Hof-Concerte ein komisches Gedicht, dessen Strophen den Refrain hatten: »Ich bin der Herr von Mayer, was macht in die Papiere!« in jüdischem Dialecte, in welchem er bekanntlich unübertrefflich war, vorgetragen, welches von den hohen Herrschaften ungemein beifällig aufgenommen wurde. Nachdem er für den ihm gespendeten Applaus mit tiefen Verbeugungen gedankt, sprach er: Nachdem ich mit der Schilderung des Herrn von Mayer das Interesse der Allerdurchlauchtigsten Zuhörer für diesen Mann wachgerufen zu haben mir schmeicheln darf, werde ich mich erkühnen, ihn selbst, obwohl ihm nicht das Glück zu Theil wurde, in diesen Cirkel geladen zu werden, den Allerhöchsten Herrschaften vorzustellen.« Man war über diese Aeußerung anfangs frappirt, aber Beckmann hatte sich nur etwas abgewendet, und ein Augenblick hatte genügt, sein früher ganz ungeschminktes Gesicht in eine echt jüdische Physiognomie umzuwandeln, und, den Hut tief in den Nacken zurückgeschoben, beide Hände in den Taschen, in welchen sie mit Geldmünzen klapperten, drehte er sich wieder gegen sein Auditorium, den Refrain wiederholend: »Ich bin der Herr von Mayer, was macht in die Papiere!« Erneutes herzliches Gelächter bewies ihm, daß man diesen Scherz nicht übelgenommen habe.

Bei einem andern Hofconcerte, dessen größten Theil die Productionen Beckmann's bildeten, gewann er während der kurzen Zwischenpausen kaum Zeit genug, um sich immer wieder auf's Neue umgestalten zu können. Von dem ihm angewiesenen Toilettegemache mußte er einen von den Personen der nächsten Umgebung des Hofes gefüllten Salon passiren, um in den eigentlichen Concertsaal zu gelangen, wo man seinem Wiedererscheinen schon ungeduldig entgegensah. Ein hoher Herr aus der General-Adjutantur rief, ihn erblickend, seiner Umgebung scherzend zu: »Dem Beckmann eine Gasse!« — »O! Alles zu viel Gnade, Excellenz!« erwiederte Beckmann, »ich bin schon mit einem Hause zufrieden!«

Unter den vielen vorzüglichen Eigenschaften des Geistes und des Herzens, welche Beckmann schmückten, muß aber die hervorgehoben werden, daß er, wie sehr sich auch seine Stellung gehoben hatte und welcher Auszeichnungen er auch theilhaftig wurde, doch für seine früheren Collegen und Freunde immer derselbe blieb, gerne sich in ihren Kreisen bewegte und und einige derselben sogar fortwährend in seiner nächsten Umgebung behielt.

Zu letzteren gehörte anfänglich der nunmehr verstorbene Komiker des Theaters an der Wien, Herr Grün, welcher mit Ausnahme dessen, daß ihm auch öfter gute Einfälle zu Gebote standen, in jeder anderen Beziehung das Gegentheil Beckmann's war. Mit der Bescheidenheit, Gutmüthigkeit und Duldsamkeit Beckmann's contrastirte die keckste Anmaßung, Bosheit und der nichts neben sich duldende Neid Grün's in so greller Weise, daß es fast Wunder nehmen mußte, daß sich die beiden so ganz verschiedenen Charaktere so lange mit einander vertragen konnten. Aber wir haben schon im Eingange erwähnt, daß Beckmann sich vor Allem gerne Leuten anschloß, welche irgend eine humoristische Seite darboten, und eine solche mochte ihn wohl nachsichtig für die Schattenseiten seines damaligen Hausfreundes gemacht haben.

Später wurde der durchaus ehrenhafte, wenn auch in künstlerischer Beziehung minder bedeutende Herr Verstl, welcher auch, wenn wir recht berichtet sind, hauptsächlich der Verwendung Beckmann's sein Engagement im Burgtheater verdankt, sein treuester Anhänger, sein Begleiter auf Jagdpartien und Urlaubsreisen.

Daß Beckmann allen revolutionären Ideen abhold und conservativ im strengsten Sinne des Wortes war, haben wir bereits angedeutet, und dennoch ließ ihn sein Ehrgeiz nicht ruhen, in der im Jahre 1848 gebildeten Nationalgarde eine Officiersstelle zu erlangen und noch dazu in dem als sehr radical verschrieenen Bezirke »Laimgrube«. Aber er wohnte nun einmal im Theatergebäude an der Wien und konnte sich daher keiner andern Compagnie, als der sich dort organisirenden anschließen. Vielleicht hoffte er auch durch seinen Einfluß die Uebelgesinnten zu bessern.

Es war gleich im Anfange der zweiten Hälfte des verhängnißvollen 1848er-Märzmonates, als sich die Wehrfähigen des benannten Bezirkes, welche anfänglich ohne irgend ein Commando regellos mit den vom Zeughause erhaltenen, größtentheils zum Schießen ganz untauglichen Gewehren durch die Straßen gezogen waren, sich in den Localitäten des Theater-Bierhauses an der Wien (noch immer zum »Fokanedy« genannt) versammelten, um unter sich die Chargen zu wählen und sich zu einer Compagnie zu formiren.

Es ist bekannt, daß ich am 15. März, um das vom Kaiser Ferdinand gegebene Zugeständniß einer Constitution zu verkünden, aufsaß — nämlich auf ein Pferd, und hinter vier vorausreitenden Trompetern der damals bestandenen italienischen und ungarischen k. Leibgarde die Stadt und Vorstädte durchzog, um die gährenden Massen durch Vorlesung des kaiserlichen Manifestes zu beschwichtigen. Dieser Umstand hatte genügt, um in den Augen der zum größten Theile in

Wahrheit noch politisch sehr unreifen Bevölkerung für einen Mann zu gelten, der in allen die Neugestaltung des Reiches betreffenden Angelegenheiten Bescheid wissen müsse. Ich wurde, ohne mich darum beworben zu haben, ja, ohne einer Versammlung der Wähler beigewohnt zu haben, zum Wahlmanne des Bezirkes Mariahilf gewählt, und auch die erwähnten Wehrfähigen der Laimgrube ernannten mich, da ich damals ebenfalls im Theatergebäude an der Wien wohnte, ohne daß ich unter ihnen erschienen wäre, bei ihrer ersten Zusammenkunft einstimmig zu ihrem Hauptmanne. Da ich aber mittlerweile bereits im Akademiker-Korps eine Officiersstelle erhalten hatte, mußte ich jene mir zugedachte Ehre dankend ablehnen, wurde aber ersucht, wenigstens die neuen Wahlen zu leiten. Dem willfahrte ich auch, und war bei der zweiten, in den angegebenen Räumlichkeiten stattfindenden Versammlung anwesend. Sie bot ein sehr buntbewegtes Bild. Da waren die Geschäfts- und Bürgersleute der Vorstadt, sämmtliche Mitglieder des Theaters an der Wien vom Schauspieler erster Ranges bis zum letzten Choristen, einige Maler und andere Künstler, welche in der Umgegend ihr Domicil hatten, sämmtlich mit ihren Waffen gekommen, und hatten, dicht aneinandergedrängt, an den Tischen Platz genommen, die bereits vom vielen Schreien heiser gewordenen Kehlen mit Fluten Biers anfeuchtend; einige hielten ziemlich unsinnige Reden, andere, darauf nicht achtend, standen in Gruppen beisammen, sich über diejenigen berathend, welchen sie ihre Stimme geben wollten; soviel aber erkannte ich bald, daß hier Jeder erwartete, für eine Charge gewählt zu werden. Hochkomisch nahmen sich aber zwei Personen aus, die erste derselben war der Wirth, ein noch junger Mann, aus den Rheinlanden gebürtig, welcher von der Begierde, Hauptmann zu werden, entflammt, Jedem die Meinung aufdringen wollte, daß nur er, eben weil er ein Ausländer sei, wisse, was eigentlich eine Nationalgarde sei, und, um sich einen Anhang zu schaffen, große Quantitäten Bier und Wein unentgeldlich verabreichte; die zweite war der bekannte, bereits alternde, damals ebenfalls im Theater an der Wien engagirte Heldenspieler Wilhelm Kunst. Dieser ging, Sporren an den Fersen und einen mächtigen Sarras an der Seite, im echten Cothurn-Schritte auf und nieder, und erklärte mit Stentorstimme, daß ein Mann wie er, der bereits die Kugeln um seine Ohren herumpfeifen gehört hätte — (er war nämlich in der Hamburger Bürgermiliz Officier gewesen) sich unmöglich herbeilassen könne, nunmehr mit dem Schießgewehr im Arme als simpler Garde zu fungiren; persönliche Tapferkeit sei nothwendig für einen Officier, diese habe er bereits bewiesen wie keiner der Anwesenden u. dgl. Fanfaronaden mehr.

Auch Beckmann war zugegen, und saß, die Wogen der Stimmung stillschweigend belauschend, und dabei seine Cigarre rauchend, in einer Ecke. Als er mich eintreten sah, winkte er mich sogleich zu sich hin, machte mir neben sich Platz und erklärte mir, daß er es wohl für seine Pflicht halte, in das neugebildete Institut der Nationalgarde, welches ja durch kaiserlichen Willen in's Leben gerufen worden sei, einzutreten, daß aber die Sorge für seine Gesundheit es ihm unmöglich machen würde, eine schwere Muskete zu tragen, so wie auch seine häufige Beschäftigung im Burgtheater es nicht zulassen würde, daß er stundenlange auf einem Wachposten stände, daß er endlich denn doch hinter seinen Collegen, wie La Roche, Löwe, Lucas, welche sämmtlich bereits Offi= ciersstellen in Stadt=Compagnien erhalten hätten, nicht zurück= stehen wolle und schloß mit der Bitte, ich möge, da er doch nicht füglich für sich selbst sprechen könne, die Aufmerksamkeit der Versammlung auf ihn lenken. Dieß that ich denn auch gerne und setzte es wirklich durch, daß er zum Oberlieu= tenant ernannt wurde.

Beckmann hatte darüber eine fast kindische Freude, er richtete auf das allgemeine Vivatrufen, womit die Gesellschaft ihn als ihren neuen Officier begrüßte, eine sehr launige An= sprache an dieselbe, tractirte Schauspieler und Choristen, und schon zwei Tage darauf erschien er in voller Uniform mit Säbel und Schärpe, den Czako auf dem Haupte in meiner Wohnung, um mir für sein »Avancement« zu danken. Es machten ihm auch das Exercieren, die Paraden und Uebungs= märsche viel Spaß, als die Sache aber aufhörte, Spaß zu sein, fühlte er sich begreiflicher Weise nicht mehr in seinem Elemente, quittirte seine Charge und begab sich nach Olmütz, wo er bis zur völligen Unterdrückung der Revolution ver= blieb.

Nachdem im Jahre 1849 Dr. Laube die Direction des Burgtheaters übernommen hatte und dem von ihm hieher= berufenen Herrn Meixner mit besonderer Vorliebe als Ko= miker zu poussiren bemüht war, überkam Beckmann zum ersten Male und zwar, wie sich herausstellte, ganz ohne Grund, ein Gefühl der Eifersucht und Besorgniß, daß seine Stellung gefährdet werden könnte. Aber die Gunst des Publicums ver= blieb ihm ungeschmälert, wenn er auch öfter Ursache hatte, ober wenigstens zu haben glaubte, sich über gewisse Zurücksetzungen zu beklagen.

Im Jahre 1859 wagte es Beckmann zum ersten Male seit seiner Entfernung aus Berlin wieder, seine Urlaubszeit zu einem Gastspiele in dieser Stadt zu verwenden.

Ein Wagniß war es allerdings in so ferne zu nennen, als man ihn von verschiedenen Seiten gewarnt hatte, dorthin zu gehen, wo Cerf eine Klage wegen Contractbruch gegen ihn eingeleitet habe. Cerf war zwar mittlerweile gestorben, aber man behauptete, daß dessen Witwe die Klage noch aufrecht erhalten habe.

Als er bereits in Breslau angekommen war, wurde ihm noch ein Warnungsbrief zugestellt des Inhaltes: »daß er bei seiner Ankunft in Berlin auf Veranlassung der Cerf'schen Klage sofort arretirt werden würde.« Trotzdem ließ er sich nicht abhalten. die Reise fortzusetzen. Wie wurde ihm aber, als auf dem Berliner Bahnhofe, nachdem kaum der Train anhielt, mehrere Constabler mit den Fragen herantraten: »Wo ist Herr Beckmann? — In welchem Waggon sitzt er?« Zögernd trat ihnen der Gesuchte entgegen und sprach mit bebender Stimme: »Hier, meine Herren, hier bin ich!« — »Nun, so können wir doch sagen,« entgegnete der eine der numerirten Diener der Gerechtigkeit, »daß wir die Ersten sind, welche den gefeierten Künstler bei seiner Ankunft in Berlin begrüßten!« — »Willkommen! hoch willkommen!« riefen nun die andern im Chor. — »Sonst haben Sie keine Schmerzen?« fragte Beckmann, tief aufathmend, und wischte sich den Schweiß von der Stirne.

Trotzdem waren die früher an ihn ergangenen Warnungen nicht ohne Grund, denn die Witwe Cerf hatte wirklich alle Schritte gethan, um ein Auftreten Beckmann's in dem nun unter Herrn Deichmann's Direction stehenden Friedrich-Wilhelmstädter-Theater zu verhindern; doch die preußischen Gerichte fühlten sich nicht bewogen, der Klägerin Gehör zu schenken und verschonten den langentbehrten Liebling der Berliner mit jeder Zuredestellung über die Vergangenheit.

Sein erstes Auftreten hatte einen Erfolg, wie er in der Theaterwelt wohl noch nie erlebt wurde. Nach beinahe siebenjähriger Abwesenheit sah Berlin seinen Abgott wieder. Für den 5. Juli war die erste Vorstellung angekündigt, und schon vierzehn Tage vorher waren alle Billete für Logen und Sitze vergriffen. Man schlug sich bei Eröffnung der Cassa um die Eintrittskarten und bot Händlern fünf Thaler für ein Parterrebillet! Es wurde: »Der Vater der Debutantin« gegeben und als nun Beckmann mit den Worten:

»Ja, ich bin's, den du genannt. Bin es, den die Häscher suchen,« heraustrat, brach das Publicum, diese Worte sogleich auf die erwähnten Vorgänge beziehend, in einen nicht endenwollenden Jubel aus, welcher sich fast nach jeder weiteren Scene wiederholte, und am Schlusse der Vorstellung erst nach unzähligen Hervorrufungen endete.

Aber auch außerhalb der Bühne erhielt Beckmann die rührendster Beweise des guten Andenkens, in welchem er in Berlin noch stand. Als Mitglied des Königstädter-Theaters hatte er die Gewohnheit, die er auch hier in Wien nie ganz ablegte, verschiedene Bedürfnisse für die Küche selbst einzukaufen. Um sich das Marktgewühle nach langer Zeit wieder einmal anzusehen, ging er über den Gensdarmenmarkt, die alten gewohnten Gesichter musternd.

Auf einmal hört er seinen Namen rufen; — eine alte Obstfrau hatte ihn erkannt, bald darauf eine andere, und endlich sämmtliche Verkäuferinnen, die, ihre Körbe in Stiche lassend, heraneilten, ihrem alten Kunden die Hand zu reichen, bis endlich einige Constabler, welchen die Ursache dieses Zusammenlaufens nicht bekannt war, Ordnung schaffen wollten. Beckmann benützte diesen Moment, um zu entwischen, und sich in eine Droschke zu werfen, aber auch von dem Droschkenkutscher wurde er bald erkannt. Dieser sah wohl zehnmal von seinem Bocke herunter in den Wagen, schüttelte den Kopf, und rief endlich: »Himmeltausendschwerenoth! — nehmen Sie mich des nich übel — soll ik Ihnen vor Herrn Beckmann ansehen, oder nich?« — Beckmann nickte bejahend. — »Soll mir doch jleich der Deibel holen! ick hab' es mir jleich gedacht! — find hübsch dicke jeworden in Wien! — muß 'ne sehre j'sunde Luft haben des Wien!« — Und wieder seine Mähre antreibend, sprach er noch immer vor sich hin: »Nee so wat! — Herr je! — ist deß der Beckmann! —

Auch nach Beendigung seines Gastspieles wurde seine Abreise von Seite des Publicums durch eine Reihe von Auszeichnungen verherrlicht, wie solche wohl selten einem andern Künstler in Berlin zu Theil geworden. Eine große Menge begleitete den Gefeierten vom Theater nach seiner Wohnung durch eine Volksmasse, welche über den ganzen Platz vor dem Hotel verbreitet Kopf an Kopf gedrängt, des Heimkehrenden harrte. Das Orchester des Friedrich-Wilhelmstädt'schen Theaters empfing in einem Saale neben der Wohnung den Künstler mit einer Serenade, und in der Wohnung selbst waren viele Freunde desselben versammelt, um von ihm Abschied zu nehmen.

Er begab sich gegen eilf Uhr in den mit Blumen und Kränzen reich geschmückten Reisewagen und fuhr, vom Director Deichmann begleitet, unter dem schallenden »Lebehoch!« der Menge und dem Zurufe: »Wiederkommen!« nach dem Frankfurter Bahnhofe, wo ihn ein Trompeterchor mit einem dreimaligen Tusch empfing, und bis zu seiner Abfahrt mit dem Train eine Abschiedsmusik spielte.

Solche und ähnliche Auszeichnungen wurden ihm auch an andern Orten zu Theil, er war, wohin sich nur seine Schritte lenkten, schnell der Liebling des Publicums, namentlich aber hier in Wien gab es keine heitere Gesellschaft, keinen Verein, welche sich nicht glücklich geschätzt hätten, ihn in ihrer Mitte zu sehen.

Er war aber auch überall das belebende Princip, der unermüdliche Improvisator, die unerschöpfliche Quelle heiterer Einfälle. Wollte man alle komischen Gelegenheitsgedichte, welche er bei verschiedenen Anlässen vortrug, gesammelt im Drucke herausgeben, so würden sie eine Zahl dicker Bände füllen. Freilich sind nicht alle von ihm selbst verfaßt, er hatte in den letzteren Jahren an Herrn Josef Weyl seinen eigenen Leibdichter gefunden, welcher fortwährend die Munition für die Geschütze seines Humors liefern mußte.

Beckmann stellte aber auch sein reiches Talent freudig zur Verfügung, wo es galt, der Armuth eine Unterstützung durch das Erträgniß einer Wohlthätigkeitsvorstellung zuzuwenden, und vorzüglich das kann nicht dankbar genug anerkannt werden, daß er, wenn er einmal seine Mitwirkung zugesagt hatte, auch redlich sein Wort hielt, und nie den Arrangeur einer derartigen Vorstellung durch eine spätere Absage in Verlegenheit setzte. Ihn hätten sich gewisse Theaterdamen, welche es oft von ihrer Laune abhängig machen, ob sie, nachdem man ihrer Zusage gemäß auf ihre Mitwirkung sicher gerechnet hatte, nicht noch im letzten Augenblicke sich auf die rücksichtsloseste Weise und unter den nichtigsten Vorwänden wieder lossagen, zum nachahmungswürdigen Vorbilde wählen sollen.

Außer seiner Kunstübung und den geselligen Freuden hatte Beckmann nur noch ein Vergnügen, welchem er sich mit mehr Leidenschaft als Erfolg hingab, dies war die Jagd!

Er selbst pflegte oft über seine zahlreichen Fehlschüsse zu scherzen. Ich begegnete ihm einst in der Stadt und frug ihn um das Ziel seines Weges! »Auf den Wildpretmarkt geh' ich,« antwortete er, »weißt du, ich war heute auf der Jagd, und kann doch nicht so ganz leer nach Hause kommen!«

Ein bekannter Thiermaler hatte ein Jagdstück mit großer Naturwahrheit vollendet; Beckmann bewunderte am meisten, daß der Künstler das Wild so gut zu treffen verstände und ohne Flinte! »Sie müssen,« sprach er, »wenn ich wieder auf die Jagd gehe, mir Ihren Pinsel leihen, vielleicht treff' ich damit auch einmal einen Hasen!«

In einer Künstlergesellschaft, deren Mitglied auch Beckmann war, hatte ich einmal Grabschriften für mehrere der Anwesenden verfaßt und sagte, ich wolle sie ihnen vorlesen, solange sie noch am Leben seien, damit sie sich selbst aussprechen könnten, ob sie ihnen auch recht wären. Unter andern laß ich auch die für Beckmann, welche seit der Zeit schon, ohne mein Zuthun, die Runde durch viele Journale gemacht hat:

»Zieht ab hier eure Mütze,
Ein Komiker, ein Schütze
Liegt hier im feuchten Loch!
Die Witze, die er sagte,
Die Hasen, die er jagte,
Sie leben alle noch!«

»Bei der bleibt's!« rief Beckmann, sich vom Sitze erhebend; ich glaube aber kaum, daß diese letztwilligliche Verfügung, obgleich sie vor so vielen Zeugen getroffen wurde, auch vollzogen werden wird!

Beckmann's Verhältnisse waren seit seinem Eintritte in den Verband des Hofburgtheaters in jeder Beziehung derart, daß man ihn sich als einen vollkommen mit seinem Geschicke zufriedenen Menschen hätte denken sollen. Er hatte eine gesicherte, sehr einträgliche Stellung, ein wohlgeordnetes Hauswesen, ja sogar ein nicht unbedeutendes Vermögen, er war beliebt bei Hohen und Niederen, konnte sich jeden Wunsch gewähren, jeden Genuß verschaffen, und dennoch, dennoch fehlte zu seiner gänzlichen Zufriedenheit bis kurz vor seinem Ende noch etwas — und das war: ein Orden! Er hatte zwar das ihm zu seiner Rettungsmedaille bewilligte Band längst in eine goldene Kette umgewandelt, aber an dieser hing doch immer nur eine Medaille, kein Kreuz!

Und ein solches war der Gegenstand seiner Sehnsucht, seines Strebens, ja seines Neides, wenn er es an der Brust eines anderen Kunstcollegen sah; wie andere Menschenkinder unter ihrem Kreuze, so litt er, so lange er kein Kreuz hatte; er hätte, wenn er sich über sich selbst hätte lustig machen wollen, füglich sagen können, daß er an Kreuzschmerzen leide!

Wäre die Sache nicht so heikler Art, so ließe sich in dieser Beziehung wohl noch manch Komisches erzählen; wir finden es jedoch gerathener, hierüber zu schweigen, und berichten nur die Erfolge, daß nämlich auch dieser sein heißester Wunsch endlich doch in Erfüllung ging.

Im Jahre 1863 gastirte er nämlich auf dem Hoftheater in Coburg und Herzog Ernst verlieh ihm das Ritterkreuz des Ernestinischen Hausordens.

Nach dem Tode des berühmten Anschütz wurde die erledigte Regisseurstelle am Wiener Hoftheater auf Beckmann übertragen und beinahe unmittelbar darauf dieser auch durch das ihm von Sr. Majestät verliehene Ritterkreuz des Franz Josef-Ordens ausgezeichnet.

Beckmann war somit am Ziele seines Strebens, leider aber auch schon seines — Lebens!

Beckmann's Krankheit, Ende und Leichenbegängniß.

Ein körperliches Uebel, an welchem Beckmann schon seit Jahren litt, welches er aber in den früheren Jahren durch regelmäßigen Besuch der Carlsbader Heilquelle mit Erfolg bekämpft hatte, trat heuer mit größerer Heftigkeit auf und erfüllte ihn selbst mit bangen Ahnungen. Als er kurze Zeit vor dem Beginne der Burgtheaterferien von einem Freunde gefragt wurde, ob er sich auch heuer wieder nach Carlsbad zum Curgebrauche begeben werde, erwiederte er: »Mein Director wagt es, auf seine Verantwortung thu' ich's auch, —

Sprudel mit Pelotonfeuer kann nicht schlecht sein!« — Indeß hielt ihn doch die Furcht vor seinen eigenen Landsleuten ab, diesen Entschluß zur Ausführung zu bringen; er begab sich nach Gmunden in Oberösterreich und wirkte dort im Vereine mit dem eben daselbst weilenden La Roche noch in einer Wohlthätigkeitsvorstellung mit; bald darauf warf ihn aber das unter den gefährlichsten Symptomen auftretende Leiden auf's Krankenlager, von welchem er nicht wieder erstehen sollte!

Da eine Operation noch als das einzige Mittel, den Erkrankten vielleicht doch noch zu retten, erkannt wurde, in Gmunden sich aber kein Arzt befand, welchem man in dieser Beziehung hätte genügendes Vertrauen schenken können, so wurde es nothwendig, Beckmann trotz seines fürchterlichen Leidens nach Wien zu transportiren.

Am Abend des 28. Juli wurde er hiehergebracht. Sein Antlitz war bereits in Folge der unsäglichen Schmerzen fast bis zur Unkenntlichkeit entstellt, und ließ der Hoffnung, ihn wieder hergestellt zu sehen, nur in so ferne noch einigen Raum, als man ja das, was man sehnlich wünscht, auch hofft.

Wohl tauchten nach einiger Zeit in den Journalen Notizen auf, welche von eingetretenen Erleichterungen in dem Befinden des Kranken, von Aussichten auf vollkommene Genesung, ja sogar auf sein baldiges Wiederauftreten erzählten, fanden aber bei Denjenigen, welche das Wesen der Krankheit und den Grad, welchen dieselbe bereits erreicht hatte, kannten, keinen Glauben mehr.

Er mußte sich wiederholt den schmerzhaftesten Operationen unterziehen, nach deren letzter die Aerzte die Erklärung abgaben, daß hier menschliche Kunst zu Ende und daß die Lebensflamme des Kranken bereits im allmähligen Erlöschen begriffen sei.

Nach dieser Operation trat auch ein fast gänzlich bewußtloser Zustand ein, kein Wort kam mehr über seine Lippen, und seine Augen blieben in den letzten Tagen fortwährend geschlossen. Der Eiter war in das Blut übergegangen und hatte dasselbe zersetzt. Am 6. September, um 4 Uhr Nachmittags, stellte sich der Todeskampf ein, doch starb er erst am 7. um 1 Uhr Morgens sanft und schmerzlos. Seine Frau und einige seiner intimsten Freunde umstanden sein Sterbelager. Er hatte selbst schon zu der Zeit, als ihn seine Freunde und die Aerzte noch mit Hoffnungen aufzurichten versuchten, sein Ende bestimmt vorhergesehen. Wenige Tage vor diesem besuchte ihn La Roche und frug ihn, wie er sich fühlte. Statt der Antwort auf diese Frage bat ihn Beckmann, sein Testament niederzuschreiben. In demselben erklärte er, daß Alles, was er besitze, im Vereine mit seiner Gattin erworben worden sei, und somit ihr gehöre, nur für seine noch lebende Schwester, welche sich in günstigen Verhältnissen befinden soll, hatte er ein kleines Legat »als Andenken« bestimmt. Seine Hinterlassenschaft soll bedeutend sein, unter derselben befinden sich auch die werthvollen Geschenke, welche er von verschiedenen Regenten erhalten hatte, als da sind: goldene Tabatière von Friedrich Wilhelm III. und IV., eine Uhr mit dem Bildnisse des jetzigen Königs von Preußen, eine Uhr vom verstorbenen Herzog Georg von Mecklenburg, ein Brillantring vom Kaiser Ferdinand u. m. a.

Das Leichenbegängniß Beckmann's fand am 9. September um 3 Uhr Nachmittags statt. Die Kirche der evangelischen Gemeinde A. C. in der Dorotheergasse war in allen Räumen dicht gefüllt. Alle Sommitäten der Kunst, Literatur und Journalistik, alle Bühnenmitglieder und eine so große Anzahl Theilnehmender aus dem Publicum hatte sich eingefunden, daß auch die Straßen in der Umgebung der Kirche kaum eine Passage gestatteten.

Die Feier begann mit einem Chorgesang. Nach Beendigung desselben trat Herr Oberprediger Porubsky vor den Altar, zu dessen Füßen der mit zahlreichen Kränzen geschmückte Sarg aufgestellt war. Nach einem kurzen einleitenden Gebete sprach der Prediger eine Rede, welche auf alle Anwesenden einen mächtigen Eindruck machte. Nach der Einsegnung der Leiche ertönte wieder der Chorgesang, welcher die ernste kirchliche Feier in würdiger Weise abschloß.

Eine lange Wagenreihe folgte der Bahre auf den evangelischen Friedhof. Dort war eine unübersehbare Menschenmenge versammelt, und drängte sich an das offene Grab. Nachdem der Sarg hineingelassen war, trat Director Laube vor und hielt nachstehende Rede:

»Schon wieder — ach, nach so kurzer Frist! stehen wir am Grabe eines der Unserigen. Wie ein Würgengel schritt im letzten Jahre der Tod durch die Reihen des Hofburgtheaters. Innerhalb dieses einen Jahres hat er von unsern Mitgliedern und Angehörigen zwölf aus dem Leben gerissen, darunter Heinrich Anschütz und Julie Rettich, die würdigsten Künstler des ernsten Lebensbildes. Und ehe das Jahr verflossen, ergreift dieses Todesverhängniß auch unsern glücklichsten Darsteller des heiteren Lebensbildes.

»Da liegt er vor uns im Sarge unser fröhlicher Friedrich Beckmann. Geschlossen auf immerdar ist der Mund, welcher Tausenden und aber Tausenden das Leben erfrischt und versüßt hat. Ja, Beckmann! das hast Du gethan, das hast du vermocht! Du hast es vermocht durch die lachende Unbefangenheit deines Herzens, durch die lockende Kraft deiner Laune, durch die Frische deines lustigen Geistes. Und du bist dahin! ein unersetzlicher Verlust!

»Was erlernt der Mensch nicht Alles, was kann er sich aneignen? Wissen und Würde und Tüchtigkeit!

»Eines aber muß ihm geschenkt werden: der fröhliche Sinn, der ein glückliches Echo weckt im Kreise seiner Zuhörer. Der komische Künstler muß geboren werden, ihn erzieht keine Schule, kein System! Und er war uns geboren; und nun liegt er im Sarge, er, dem der Himmel diese holde Gabe in die Wiege gelegt; im Sarge liegt Fritz Beckmann, und wir weinen über ihn!

»Dahin ist mit ihm unser heiterster Mann, verloren für uns! Mit Thränen schauen wir auf das schmale Bretterhäuschen, das er so bang gefürchtet sein Leben lang. Von seinem Geiste verlassen, hat es seine Hülle nun doch beziehen müssen, dieß schmale breterne Häuschen!

»Und so jäh, so furchtbar ist das Schicksal über ihn gekommen! — Du weicher Mann, tiefempfindlich für jeden Schmerz, du bist plötzlich mehr denn dreißig Tage lang auf die Folter gespannt, du bist den schneidendsten Schmerzen überantwortet worden. Das Herz hat es uns Allen umgewendet! Als ob du büßen gesollt, daß du mehr denn dreißig Jahre den Menschen Freude gespendet und Erquickung! O, die Wege des Schicksals sind unerforschlich und die menschliche Creatur ist ein ohnmächtig Ding. Am Ziele seiner Wünsche war Beckmann allerdings. Von der untersten Stufe der Bühne hatte er rastlos in emsigem Fleiße sich emporgearbeitet zu ehrenvoller Stellung, zu Amt und Würde, und, was mehr als Alles sagen will, zum Liebling einer ganzen Nation.

»Fleiß und Eifer haben ihn nie verlassen, und er war in seinem Berufe von gewissenhafter Tüchtigkeit. Ja, er war am Ziele seiner Wünsche, aber noch vor einem Monate meinten wir Alle, meinte er selbst, ein glückliches Alter werde ihm, dem frischen Sechziger, beschieden sein, zu seiner und zu unserer Freude. Da traf der Blitzstrahl, und er ward hinabgeschleudert in Noth und Tod! Jetzt gilt's den letzten Abschied zu nehmen von dir, Friedrich Beckmann! wir müssen dich zudecken sehen und verscharren!

»Fritz Beckmann, unser fröhlicher Fritz, verläßt uns für immer! Zum ersten Male weinen wir schmerzliche Thränen über dich, und nichts bleibt uns, als dein lieblichfröhliches Gedächtniß in unserer Seele! Beckmann, fahre wohl für diese Welt!«

Nachdem wir diese Rede hier wörtlich wiedergegeben haben, erklären wir es für unmöglich, dem Verewigten einen schöneren Nachruf zu weihen, wir schließen daher mit dem Schlusse von Laube's Grabrede:

Beckmann, fahre wohl für diese Welt!

Anhang.

Beckmann's Thätigkeit am Burgtheater.

Friedrich Beckmann wurde am 1. September 1846 als wirklicher k. k. Hofschauspieler angestellt und am 3. Februar 1866 zum Regisseur ernannt. Zum ersten Male trat er am 15. September 1846 als Agamemnon Pünctlich in »Kunst und Natur« auf dem k. k. Hofburgtheater auf; seine ferneren Debutrollen waren: 18. September 1846: »Die Schleichhändler« — Schelle, 21. September: »Der Bruderzwist« — Hans Buller, 5. October: »Das Epigramm« — Hippeltanz.

Zum letzten Male spielte Herr Beckmann am 30. Juni 1866 den Benoiton in »Eine Familie nach der Mode«. Den 1. September 1856 wurde Beckmann's Contract auf weitere 10 Jahre verlängert, er starb also 7 Tage nach Ablauf seines 20jährigen Contractes.

Er spielte in 193 Stücken 197 Rollen, in Allem 2688mal. — Wir lassen die Stücke und Rollen und die Ziffer seines Auftretens in denselben hier folgen:

»Die Aussteuer« — Commissär 2mal, »Die Advocaten« — Grohmann 2, »Der verbannte Amor« — Michel 9, »Das letzte Abenteuer« — Schwach 19, »Der geheime Agent« — Oberhofmeister 17, »Auf dem Lande« — Knorring 5, »Ein Attaché« — Gesandter 22, »Ein Abend zu Titchfield« — Falstaff 4, »Bruderzwist« — Buller 4, »Welche ist die Braut?« — Blümlein 1, »Der Bräutigam aus Mexico« — Messerinsky 7, »Die Brandschatzung« — Mander 3, »Bürgerlich und Romantisch« — Zabern 20, »Brockenstrauß« — Fichtenberger 6, »Der Blaubart« — Maneville 8, »Birnbaum und Sohn« — Tipfe 3, »Das Bild der Mutter« — Mull 3, »Die Biedermänner« — Peponet 33, »Brutus und sein Haus« — 2, Bürger 6, »Christof und Renata« — Goupil 6, »Julius Cäsar« — 2. Bürger 30, »Coriolanus« — Mus 15, »Der Courier« — Crofts 2, »Das Concert« — Linsig 4, »Cato von Eisen« — Siegfried 34, »Drei Candidaten« — Hofrath 11, »Crescentia« — Golz 3, »Capitän Bitterlin« — Bitterlin 2, »Der Doppelgänger« — Kober 6, »Doctor Wespe« — Adam 32, »Dorf und Stadt« — Wirth 68, »Ein deutsches Dichterleben« — Joachim 21, »Dûwecke« — Steppeldyk 1, »Die Dienstboten« — Buschmann 9, »Die Entführung« — Sachau 14, »Er mengt sich in Alles« — Plumper 2, »Das Epigramm« — Hippeltanz 3, »Die Einfalt vom Lande« — Murr 29, »Endlich hat er es doch gut gemacht« — Mengler 17, »Der Erbförster« — Frei 17, »Er sucht sich selbst« — Spürlein 4, »Erziehungsresultate« — Flarbach 20, »Er ist nicht eifersüchtig« — Baumann 35, »Die Engländerin« — Heimlig 3, »Englisch« — Ippelberger 33, »Ein Erzieher« — Aaron 6, »Eine kleine Erzählung ohne Namen« — Farnkraut 17, »Essex« — Jonathan 46, »Ein zerstreuter Ehemann« — Fauvonel 3, »Das Eichhörnchen« — Birier 2, »Eglantine« — Trendel 22, »Eine vornehme Ehe« — Lowperson 17, »Excellenz oder der Backfisch« — Mayrumpel 6, »Faust« Frosch 52, »Der Freiherr als Wildschütz« — Strizow 9, »Fest im Entschlusse« — Gansen 8, »Ein Freundschaftsdienst« — Mautonnat 18, »Fata Morgana« — Rochus 14, »Der Freiwillige« — Conrad 27, »Unsere Freunde« — Heathoate 4, »Der Familiendiplomat« — Schaumburg 11, »Fanny, oder Ebbe und Flut« — Brandt 3, »Die guten Freunde« — Vieneur 11, »Eine Familie nach der Mode« — Benoiton 18, »Gebrüder Faster« — Klingsporn 2, »Götz von Berlichingen« — Hauptmann 27, »Großjährig« — Schaerl 35, »Goldbauer« — Zacharias 11, »Gottsched und Gellert« — Schladritz 12, »Hamlet« — Todtengräber 37, »Das Hotel zu Wiburg« — Herbert 6, »Von Sieben die Häßlichste« — Ambrosi 10, »Die Hochzeitsreise« — Hahnensporn 17, »Heinrich der Vierte« — Falstaff 5, »Der Hauptmann von der Scharwache« — Baron 3, »Ein Hut« — Amade 39, »Die Haarlocke« — Lardenois 3, »Der Hausspion« — Koppe 3, »Hans Lange« — Henoch 6, »Die Jäger« — Barthel 10, »Jung und Alt« — Erbe 8, »Die unnöthigen Intriguen« — Wirbler 5, »Vor hundert

Jahren« — Wey 5, »Die Journalisten« — Piepenbrinck 2, »In der Heimat« — Werninger 3, »In Ketten und Banden« — Rederling 2, »Die Komödie aus dem Stegreif« — Johann 1, »Die deutschen Kleinstädter« — Klaus 3, »Der Kaufmann von Venedig« — Gobbo 15, »Carl XII. auf der Heimkehr« — Muckebald 15, »Die Carlsschüler« — Sergeant 57, »Der Königslieutenant« — Mack 20, »Die Komödie der Irrungen« — Dromio 12, »Magnetische Curen« — Kammerdiener 28, »Krisen« — Lämchen 40, »Die deutschen Komödianten« — Hühnchen 16, »Ein geadelter Kaufmann« — Hänselmeier 20, »Der Kaufmann« — Lebrecht 2, »Die Lästerschule« — Moses 36, »Liebhaber und Nebenbuhler in einer Person« — Brener 1, »Der Lügner und sein Sohn« — Krak 6, »Leichtsinn aus Liebe« — Werder 26 und Christof 1, »Das Liebesprotokoll« — Müller 8, »Liebschaft in Briefen« — Rauscher 10, »Viel Lärm um nichts« — 2. Wächter 33, »Die Löwen von ehedem« — Poddock 4, »Die Liebe im Eckhause« — Tippel 3, »Minna von Barnhelm« — 36, »Mirandolina« — Reitknecht 5, »Der Markt zu Ellerbrunn« — Zucker 29, »Der reiche Mann« — Wampe 17, »Monaldeschi« — Schnurre 17, »Ein höflicher Mann« — Schröpf 12, »Ein neuer Mensch« — Schmerl 7, »Die Mördergrube« — Tritofolo 32, »Alte Mittel gelten« — Surgeon 3, »Montrose« — Newcastle 10, »Meine Frau ist in Franzensbad« — Stürmer 3, »Die gefährliche Nachbarschaft« — Fips 5, »Nach Mitternacht« — Müller 30, »Die Nibelungen« — Rumolt 19, »O Freundschaft!« — Mathieu 3, »Ottfried« — Diezmann 3, »Der Puls« — Kammerdiener 4, »Pagenstreiche« — Kreuzquer 23, »Preziosa« — Pedro 1, »Piccolomini« — Tiefenbach 4, »Peter im Frack« — Hammer 4, »Der Proceß« — Schulze 8 und Kropp 1, »Das Preislustspiel« — Franz 20, »Paolo Rocca« — Invocavit 6, »Ein Proceß zwischen Eheleuten« — Dämmer 5, »Pierres de Straß« — Straffer 5, »Pitt und Fox« — Ismael 14, »Ein Pelikan« — Marechal 26, »Der Ritter aus dem Stegreif« — Neidhardt 3, »Raphael Sanzio« — Battosta 5, »Der Rechnungsrath und seine Töchter« — Rechnungsrath 17, »Röschens Aussteuer« — Stauf 7, »Der Rubin« — Khalf 3, »Rosenmüller und Finke« — Friedenberg 15 und Sturz 32, »Die Räuber« — Abgesandter 44, »Der kleine Richelieu« — Bellechasse 27, »Roccoco« — Tulpe 9, »Die Reise auf gemeinschaftliche Kosten« — Liborius 2, »Ella Rose« — Thornton 17, »Rauchwolken« — Gumpel 2, »Ein Ring« — Pelétier 6, »Recept gegen Schwiegermütter« — Sangerda 14, »Der Spieler« — Gabrecht 8, »Sorgen ohne Noth und Noth ohne Sorgen« — Schundrian 1, »Der Schneider und sein Sohn« — Rapid 4, »Die Schleichhändler« — Schelle 7, »Die Schwäbin« — Steibele 7, »Sie schreibt an sich selbst« — Mumm 17, »Franz von Sickingen« — Blasius 9, »Der Stiefvater« — Chavignol 16, »Schuldig« — Müller 10, »Der Salzdirector« — Wankelmann 9, »Ein Sommernachtstraum« — Zettel 19, »Ein Steckenpferd« — Rips 4, »Mein Sohn« — Starzbach 13, »Sand in die Augen« — Malingear 22, »Die Schraube des Glücks« — Wirth 4, »Der beste Ton« — Nicolas 10, »Der Pariser Taugenichts« — Bizat 17, »Turandot« — Pantalon 6, »Ein Tiger« — Sauser 24, »Das Urbild des Tartüffe« — Mathieu 38, »Verirrungen« — Haber 12, »Der Vetter« — Siegel 40, »Das Versprechen hinter'm Herd« — Strizow 87, »Der Vater der Debutantin« — Windmüller 45, »Vetter Raoul« — Specht 8, »Die Virtuosen« — Brause 7, »Widerspenstige« — Battista 22 und Bromio 1, »Wallenstein's Lager« — Kapuziner 48, »Was ihr wollt« — Tobias 28, »Witzigungen« — Jacques 8, »Ein Wohlthäter« — Claus 16, »Welt und Theater« — Ambros 4, »Wie denken Sie über Rußland?« — Melzer 4, »Der Winkelschreiber« — Adam 38, »Zwei Witwen« — Labaraque 8, »Ein Wintermärchen« — Titlyrus 20, »Yelwa« — Kaluga 1, »Zwei Tage aus dem Lben eines Fürsten« — Rath 14, »Der Zeitgeist« — Scholle 3, »Zu Hause« — Friedmeier 22, »Zur Ruhe setzen« — Hofrath 8, »Der Zweikampf« — Brösel 4, »Zu jung und zu alt« — Wahlmann 5.

Druck und Papier von Leopold Sommer in Wien.